Agatha Christie
(1890-1976)

Agatha Christie é a autora mais publicada de todos os tempos, superada apenas por Shakespeare e pela Bíblia. Em uma carreira que durou mais de cinquenta anos, escreveu 66 romances de mistério, 163 contos, dezenove peças, uma série de poemas, dois livros autobiográficos, além de seis romances sob o pseudônimo de Mary Westmacott. Dois dos personagens que criou, o engenhoso detetive belga Hercule Poirot e a irrepreensível e implacável Miss Jane Marple, tornaram-se mundialmente famosos. Os livros da autora venderam mais de dois bilhões de exemplares em inglês, e sua obra foi traduzida para mais de cinquenta línguas. Grande parte da sua produção literária foi adaptada com sucesso para o teatro, o cinema e a tevê. *A ratoeira*, de sua autoria, é a peça que mais tempo ficou em cartaz, desde sua estreia, em Londres, em 1952. A autora colecionou diversos prêmios ainda em vida, e sua obra conquistou uma imensa legião de fãs. Ela é a única escritora de mistério a alcançar também fama internacional como dramaturga e foi a primeira pessoa a ser homenageada com o Grandmaster Award, em 1954, concedido pela prestigiosa associação Mystery Writers of America. Em 1971, recebeu o título de Dama da Ordem do Império Britânico.

Agatha Mary Clarissa Miller nasceu em 15 de setembro de 1890 em Torquay, Inglaterra. Seu pai, Frederick, era um americano extrovertido que trabalhava como corretor da bolsa, e sua mãe, Clara, era uma inglesa tímida. Agatha, a caçula de três irmãos, estudou basicamente em casa, com tutores. Também teve aulas de canto e piano, mas devido ao temperamento introvertido não seguiu carreira artística. O pai de Agatha morreu quando ela tinha onze anos, o que a aproximou da mãe, com q
A paixão por conhecer
até o final da vida.

Em 1912, Agatha conheceu Archibald Christie, seu primeiro esposo, um aviador. Eles se casaram na véspera do Natal de 1914 e tiveram uma única filha, Rosalind, em 1919. A carreira literária de Agatha – uma fã dos livros de suspense do escritor inglês Graham Greene – começou depois que sua irmã a desafiou a escrever um romance. Passaram-se alguns anos até que o primeiro livro da escritora fosse publicado. *O misterioso caso de Styles* (1920), escrito próximo ao fim da Primeira Guerra Mundial, teve uma boa acolhida da crítica. Nesse romance aconteceu a primeira aparição de Hercule Poirot, o detetive que estava destinado a se tornar o personagem mais popular da ficção policial desde Sherlock Holmes. Protagonista de 33 romances e mais de cinquenta contos da autora, o detetive belga foi o único personagem a ter o obituário publicado pelo *The New York Times*.

Em 1926, dois acontecimentos marcaram a vida de Agatha Christie: a sua mãe morreu, e Archie a deixou por outra mulher. É dessa época também um dos fatos mais nebulosos da biografia da autora: logo depois da separação, ela ficou desaparecida durante onze dias. Entre as hipóteses figuram um surto de amnésia, um choque nervoso e até uma grande jogada publicitária. Também em 1926, a autora escreveu sua obra-prima, *O assassinato de Roger Ackroyd*. Este foi seu primeiro livro a ser adaptado para o teatro – sob o nome *Álibi* – e a fazer um estrondoso sucesso nos teatros ingleses. Em 1927, Miss Marple estreou como personagem no conto "O Clube das Terças-Feiras".

Em uma de suas viagens ao Oriente Médio, Agatha conheceu o arqueólogo Max Mallowan, com quem se casou em 1930. A escritora passou a acompanhar o marido em expedições arqueológicas e nessas viagens colheu material para seus livros, muitas vezes ambientados em cenários exóticos. Após uma carreira de sucesso, Agatha Christie morreu em 12 de janeiro de 1976.

Agatha Christie

Os Quatro Grandes

Tradução de Henrique Guerra

www.lpm.com.br

Coleção **L&PM** POCKET, vol. 774

Texto de acordo com a nova ortografia.

Título original: *The Big Four*

Primeira edição na Coleção **L&PM** POCKET: maio de 2009
Esta reimpressão: novembro de 2020

Tradução: Henrique Guerra
Capa: designedbydavid.co.uk © HarperCollins/Agatha Christie Ltd 2008
Preparação: Patrícia Rocha
Revisão: Simone Diefenbach

CIP-Brasil. Catalogação na Fonte
Sindicato Nacional dos Editores de Livros, RJ.

C479q

Christie, Agatha, 1890-1976
 Os Quatro Grandes / Agatha Christie; tradução de Henrique Guerra.
– Porto Alegre, RS: L&PM, 2020.
 208p. : 18 cm (Coleção L&PM POCKET; v. 774)

 Tradução de: *The Big Four*
 ISBN 978-85-254-1894-4

 1. Ficção policial inglesa. I. Guerra, Henrique. II. Título. III. Série.

09-1891.	CDD: 823
	CDU: 821.111-3

The Big Four Copyright © 1927 Agatha Christie Limited. All rights reserved.

AGATHA CHRISTIE, POIROT and the Agatha Christie Signature are registered trade marks of Agatha Christie Limited in the UK and elsewhere. All rights reserved.

Todos os direitos desta edição reservados a L&PM Editores
Rua Comendador Coruja, 314, loja 9 – Floresta – 90220-180
Porto Alegre – RS – Brasil / Fone: 51.3225.5777

Pedidos & Depto. Comercial: vendas@lpm.com.br
Fale conosco: info@lpm.com.br
www.lpm.com.br

Impresso no Brasil
Primavera de 2020

Sumário

Capítulo 1 – O visitante inesperado....................7
Capítulo 2 – O homem do hospício 17
Capítulo 3 – Ficamos sabendo mais sobre
   Li Chang Yen...23
Capítulo 4 – A importância de um pernil de
   cordeiro..35
Capítulo 5 – O sumiço do cientista....................43
Capítulo 6 – A dama na escadaria......................51
Capítulo 7 – Os ladrões de rádio 61
Capítulo 8 – No covil do inimigo 74
Capítulo 9 – O mistério do jasmim-amarelo 87
Capítulo 10 – Investigamos em Croftlands 95
Capítulo 11 – Um problema de xadrez............104
Capítulo 12 – A isca na arapuca.......................121
Capítulo 13 – Entra o camundongo 130
Capítulo 14 – A loira oxigenada.......................139
Capítulo 15 – A horrível catástrofe 154
Capítulo 16 – O chinês moribundo 169
Capítulo 17 – Ponto para o Número Quatro ...183
Capítulo 18 – No Labirinto das Pedras............194

Capítulo I

O visitante inesperado

Conheço pessoas que apreciam atravessar o canal; pessoas que relaxam nas espreguiçadeiras do convés e, na chegada, esperam o barco ser atracado para então reunir seus pertences sem estardalhaço e desembarcar. Quanto a mim, nunca fui capaz disso. Tão logo subo a bordo, sinto que o tempo será curto demais para eu me aquietar ou me concentrar em algo. Fico levando a bagagem para lá e para cá e, se desço ao restaurante, engulo a comida com a sensação de que o barco pode chegar a qualquer momento comigo lá embaixo. Talvez isso seja mera herança das viagens-relâmpago do tempo da guerra, quando parecia questão de extrema relevância garantir um lugar perto da escada e ser um dos primeiros a desembarcar para não desperdiçar os minutos preciosos dos três ou cinco dias de licença.

Nesta manhã de julho em especial, enquanto eu observava junto à amurada os penhascos brancos de Dover se aproximarem cada vez mais, fiquei me perguntando, admirado, como certos passageiros permaneciam calmos nas espreguiçadeiras sem ao menos levantar os olhos para rever sua terra natal. Mas talvez o caso deles fosse diferente do meu. Com certeza, a maioria só havia passado o fim de semana em Paris, enquanto eu estivera um ano e meio numa fazenda na Argentina. Por lá prosperei, e minha mulher e eu desfrutamos da vida livre e tranquila do continente sul-americano; mas foi com um nó na garganta que observei a costa familiar se aproximando cada vez mais.

Eu desembarcara na França dois dias antes, resolvera alguns negócios prementes e agora estava a caminho de Londres. Pretendo ficar lá por alguns meses – tempo suficiente para encontrar velhos amigos e um velho amigo em particular. Um homem pequenino de cabeça oval e olhos verdes: Hercule Poirot! Tenciono pegá-lo totalmente de surpresa. Minha última carta enviada da Argentina não dera nenhuma pista sobre minha viagem (na verdade, eu decidira viajar de última hora, como resultado de certos contratempos comerciais), e passei muitos momentos divertidos imaginando com meus botões sua cara de encanto e de surpresa ao me ver.

Poirot, eu sabia, dificilmente estaria muito longe de seu quartel-general. A época em que suas missões o levavam duma ponta a outra da Inglaterra chegara ao fim. Sua fama se espalhara; agora não permitia mais que uma investigação absorvesse todo o seu tempo. Com o passar dos anos, cada vez mais seu objetivo era ser considerado um "detetive-consultor" – tão especialista quanto um médico da Harley Street. Ele sempre tratava com escárnio a noção popular do sabujo humano que lançava mão de incríveis disfarces para rastrear os criminosos e que parava para medir cada pegada.

– Não, meu caro Hastings – ele costumava dizer –, vamos deixar isso para Giraud e seus amigos. Os métodos de Hercule Poirot são muito particulares. Organização, método e as "pequenas células cinzentas". Sem sair do conforto de nossas poltronas, percebemos coisas que os outros deixam passar e não tiramos conclusões precipitadas como o honrado Japp.

Sim. Era pequeno o risco de encontrar Hercule Poirot longe de sua base. Chegando a Londres, larguei a bagagem no hotel e apanhei um táxi para o antigo endereço. Que lembranças intensas o local suscitou-me! Cumprimentei depressa a antiga senhoria, subi as escadas de dois em dois degraus e bati vivamente à porta de Poirot.

– Pode entrar – gritou lá de dentro uma voz conhecida.

Entrei a passos largos. Poirot me fitou. Carregava uma pequena valise e, ao me ver, deixou-a cair com espalhafato.

– Hastings, *mon ami*! – exclamou. – Hastings, *mon ami*!

Vindo ao meu encontro, envolveu-me num amplo abraço. Nossa conversa foi ilógica e desconexa. Exclamações, perguntas ansiosas, respostas incompletas, recados de minha esposa, explicações sobre a viagem, tudo junto e mesclado.

– Será que tem alguém no meu antigo quarto? – indaguei quando nossa exaltação se acalmou um pouco. – Eu adoraria morar com você aqui outra vez.

O rosto de Poirot mudou numa rapidez surpreendente.

– *Mon Dieu*! Mas que *chance épouvantable*. Dê uma olhada ao redor, meu caro.

Pela primeira vez tomei consciência das coisas à minha volta. Contra a parede havia um enorme baú de estilo pré-histórico. Próximo a ele estavam dispostas algumas valises, arranjadas ordenadamente conforme o tamanho, desde a maior até a menor. A inferência era inequívoca.

– Vai viajar?
– Sim.
– Para onde?
– América do Sul.
– *O quê*?!
– Sim, parece piada, não é? Estou indo para o Rio e todo santo dia repito comigo: não vou contar nada em minhas cartas... Mas ah! Que surpresa o bom Hastings terá ao me ver!

– Mas quando você vai?
Poirot olhou o relógio.
– Daqui a uma hora.

– Ué, não era você que dizia que nunca ia fazer uma travessia transatlântica?

Poirot fechou os olhos e estremeceu.

– Nem me fale, meu caro. Meu médico garantiu-me que ninguém morre disso... e vai ser uma viagem só de ida. Entenda, eu nunca, nunca vou retornar.

Ele me fez sentar numa cadeira.

– Venha cá, vou contar como isso tudo aconteceu. Sabe quem é o homem mais rico do mundo? Mais rico até do que Rockefeller? Abe Ryland.

– Aquele norte-americano, o rei do sabão?

– Exato. Uma das secretárias dele entrou em contato comigo. Tem uma coisa graúda, como se diz, uma fraude acontecendo relacionada a uma grande empresa no Rio. Ele queria que eu investigasse o assunto no local. Eu disse que não. Mandei dizer que, se os fatos fossem colocados à minha frente, eu daria minha opinião de especialista. Mas ele alegou ser incapaz de fazer isso. Eu só ficaria a par dos fatos ao chegar lá. Em situações normais, isso teria encerrado a questão. Querer impor condições para Hercule Poirot é impertinência pura. Mas a quantia ofertada era tão estupenda, que pela primeira vez na minha vida balancei pelo vil metal. Era mais que uma bolada... uma fortuna! Sem falar na segunda atração: você, meu caro. Nesse ano e meio que passou, me senti um velho solitário. Pensei comigo: por que não? Começo a ficar saturado dessa interminável obrigação de solucionar problemas tolos. Já alcancei fama suficiente. Vou aceitar esse dinheiro e me aquietar em algum lugar perto de meu velho amigo.

Fiquei profundamente emocionado com essa demonstração de estima vinda de Poirot.

– Então topei – continuou ele – e daqui a uma hora preciso pegar o trem para o porto. Uma dessas ironias da vida, não é? Mas eu vou lhe confessar, Hastings: se o dinheiro não fosse tanto, eu teria hesitado, pois coincidentemente não faz muito que comecei uma investigação por minha conta. Me diga, o que quer dizer a expressão "Os Quatro Grandes"?

– Acho que se originou na Conferência de Versalhes. Depois surgiram as famosas "Quatro Grandes" do mundo cinematográfico. E o termo é usado também pela plebe.

– Percebo – disse Poirot, pensativo. – Sabe, deparei-me com essa expressão sob certas circunstâncias em que não se encaixa nenhuma dessas explicações. Parece se referir a uma quadrilha de criminosos internacionais ou algo do tipo. Mas...

– Mas o quê? – perguntei, notando sua hesitação.

– Mas algo me diz que se trata de uma escala maior. Só uma ideiazinha, nada mais. Bom, agora eu tenho que terminar as malas. O tempo voa.

– Não vá – pedi. – Cancele a passagem e vamos juntos no mesmo barco.

Poirot empertigou-se e fitou-me com olhos reprovadores.

– Ah, você não entende! Dei minha palavra, sabe... a palavra de Hercule Poirot. Só uma questão de vida ou morte pode me impedir de cumpri-la.

– Questão improvável de acontecer – murmurei desanimado. – A menos que "na décima primeira hora, a porta se abra e apareça o visitante inesperado".

Citei o velho provérbio com uma risada fraca. Seguiu-se uma pausa. Então, um barulho no quarto nos sobressaltou.

– O que será isto? – gritei.

– *Ma foi*! – retorquiu Poirot. – Parece que o tal "visitante inesperado" está no meu quarto.

– Mas como pode haver alguém ali? Para entrar no quarto é preciso passar por esta sala.

– Excelente memória, Hastings. Do que se deduz...

– A janela! Mas então é um assaltante? Deve ter feito uma escalada íngreme... quase impossível.

Levantei-me e andei a passos largos rumo à porta do quarto, quando o som de alguém experimentando a maçaneta do outro lado deteve-me.

A porta abriu-se devagar. Emoldurado no vão da porta, um homem imóvel. Sujo e enlameado da cabeça aos pés, o rosto fino e macilento. Encarou-nos por um instante, então cambaleou e desabou. Poirot correu para junto dele. O homem levantou o olhar e falou comigo.

– Conhaque... rápido.

Com rapidez servi e trouxe um cálice de conhaque. Poirot deu um jeito de fazê-lo beber um gole. Juntos, conseguimos erguê-lo e levá-lo ao sofá. Minutos depois, ele abriu as pálpebras e percorreu a sala com um olhar quase ausente.

– O que deseja, monsieur? – indagou Poirot.

O homem abriu os lábios e falou com uma voz mecânica e estranha:

– Monsieur Hercule Poirot, Farraway Street, 14.

– Sim, sim, ele mesmo.

O homem pareceu não ter entendido e limitou-se a repetir exatamente no mesmo tom:

– Monsieur Hercule Poirot, Farraway Street, 14.

Poirot testou-o com várias perguntas. Às vezes o homem não respondia nada, em outras repetia a mesma frase. Com um sinal, Poirot pediu-me para fazer uma ligação.

– Chame o dr. Ridgeway.

Para nossa sorte, o doutor estava em casa. Como a casa dele ficava logo dobrando a esquina, poucos minutos transcorreram até ele entrar apressado.

– Afinal, o que se passa?

Poirot deu uma rápida explicação, e o doutor começou a examinar nosso esquisito visitante, que parecia não se dar conta da presença do médico nem da nossa.

– Hum... – murmurou o dr. Ridgeway ao terminar.
– Caso curioso.

– Febre cerebral? – sugeri.

O doutor prontamente bufou com desdém.

– Febre cerebral! Febre cerebral! Não existe esse tipo de coisa. Só na cabeça dos romancistas. Nada disso: o homem sofreu uma espécie de choque. Veio aqui impelido por uma ideia fixa: encontrar o monsieur Hercule Poirot, Farraway Street, 14... fica repetindo essas palavras mecanicamente sem ao menos pensar no significado.

– Afasia? – indaguei ansioso.

Esse palpite não provocou reação tão violenta quanto o anterior. Sem dizer nada, o doutor entregou lápis e papel ao homem.

– Vamos ver o que ele faz com isso – observou.

Durante um tempo, o homem não fez nada. Então, de súbito, começou a escrever febrilmente. Com a mesma rapidez, parou e deixou cair o papel e o lápis no chão. O doutor apanhou e meneou a cabeça.

– Nada feito. Só o número 4 rabiscado uma dúzia de vezes, cada algarismo maior do que o outro. Calculo que tente escrever Farraway Street, 14. É um caso intrigante... deveras intrigante. Seria possível mantê-lo aqui até hoje à tarde? Agora preciso passar no hospital, mas à tarde estou de volta e posso tomar todas as providências que o caso requer. É um caso muito interessante para se perder de vista.

Expliquei sobre a partida de Poirot e que eu me propusera a acompanhá-lo até Southampton.

– Tudo bem. Deixem o homem aqui. Ele não vai fazer nada de errado. Está completamente exausto. É bem provável que durma oito horas a fio. Vou pedir à nossa esplêndida sra. Cara-Engraçada para dar uma olhadinha nele.

E o dr. Ridgeway retirou-se com a celeridade de sempre. Poirot, por sua vez, terminou de arrumar as malas sem tirar o olho do relógio.

– O tempo corre com rapidez inacreditável. Vamos, Hastings, não pode alegar que deixei você sem nada para fazer. Que problema mais sensacional! Um homem desconhecido. Quem é ele? O que ele quer? Ah, *sapristi*, eu daria dois anos de minha vida para que esse barco partisse amanhã em vez de hoje. Tem algo muito curioso nessa história... algo muito interessante. Mas é preciso ter tempo... *tempo*. Pode levar dias... ou até mesmo meses... até ele ser capaz de nos contar por que veio.

– Vou fazer o melhor possível, Poirot – garanti. – Vou tentar ser um substituto eficiente.

– S... sim.

Não senti muita firmeza na resposta. Apanhei a folha de papel.

– Se eu fosse escrever uma história – eu disse em tom de brincadeira, tamborilando os números a lápis –, eu ligaria isso à sua última idiossincrasia e a chamaria de *O mistério dos Quatro Grandes*.

Então levei um susto, pois o nosso paciente, acordado de súbito do estupor, sentou-se na cadeira e pronunciou de modo claro e compreensível:

– Li Chang Yen.

O olhar dele era o de um homem recém-desperto do sono. Poirot fez sinal para eu não falar nada. O homem prosseguiu. Falou numa voz clara e aguda. Às vezes sua enunciação me dava a impressão de que ele estava fazendo uma preleção ou lendo um relatório escrito.

– Li Chang Yen pode ser considerado o cérebro dos Quatro Grandes. É a força controladora e motivadora. Por isso o chamo de Número Um. Por sua vez, Número Dois raramente é mencionado pelo nome. É representado por um "S" com dois traços verticais (o símbolo do dólar) e também por duas listras e uma estrela. Portanto, conclui-se que se trata de um indivíduo norte-americano e que representa o poder financeiro. Não parece haver dúvida de que Número Três é uma mulher, nem de que a nacionalidade dela é francesa. É possível que ela seja uma das sereias do *demi-monde*, mas ninguém sabe nada ao certo. O Número Quatro...

Sua voz titubeou e fraquejou. Poirot inclinou-se à frente.

– Sim, e o Quatro? – incitou, ansioso.

Os olhos de Poirot não desgrudavam do rosto do homem. Um certo terror parecia dominar o dia; as feições estavam distorcidas e desfiguradas.

– O *destruidor* – ofegou o homem. E, com um último movimento convulsivo, caiu para trás, inanimado.

– *Mon Dieu*! – sussurrou Poirot. – Então eu tinha razão. Eu tinha razão.

– Acha que...?

Ele me interrompeu.

– Leve-o até a cama no meu quarto. Não tenho um minuto a perder se eu quiser pegar meu trem. Não que eu queira pegá-lo. Ah, e pensar que em sã consciência estou perdendo essa história! Mas dei minha palavra. Vamos, Hastings!

Deixando o nosso misterioso visitante a cargo da sra. Pearson, apanhamos um táxi até a estação e por um triz não perdemos o trem. Poirot alternava momentos calados e loquazes. Olhar fixo, encostava o rosto à janela, imerso em sonho, sem parecer escutar nenhuma palavra do que eu dizia. Então, num estalo, voltava à animação, despejando recomendações e ordens em cima de mim, frisando a necessidade de constantes telegramas via rádio.

Caímos num demorado silêncio logo após passarmos Woking. É claro, o trem não parou até chegar em Southampton, quando foi obrigado a parar devido a uma sinalização.

– Ah! *Sacré mille tonnerres*! – gritou Poirot de repente. – Mas que imbecil eu tenho sido. Agora vejo tudo com clareza. Sem dúvida foram os santos abençoados que pararam o trem. Pule, Hastings, pule agora, estou dizendo.

Num instante ele destrancou a porta do vagão e saltou fora do trem.

– Jogue as malas e pule também.

Obedeci-lhe. Bem a tempo. Na hora em que coloquei os pés nas britas, o trem andou.

– E agora, Poirot – eu disse um tanto exasperado –, talvez você possa me dizer o que está acontecendo.

– Meu caro, acontece que eu vi a luz.

– Isso – respondi – é muito esclarecedor.

– Deveria ser – disse Poirot –, mas tenho medo... muito medo de que não seja. Se você carregar duas valises, acho que consigo levar o resto.

Capítulo 2

O homem do hospício

Felizmente o trem parara perto da estação. Uma caminhada curta levou-nos a uma oficina, onde conseguimos um carro. Meia hora depois, rodávamos velozes rumo a Londres. Só então, e nem um minuto antes, Poirot dignou-se a satisfazer minha curiosidade.

– Não percebeu? Eu também não. Mas agora percebo. Hastings, eu *estava sendo tirado do caminho*.

– O quê?!

– Sim. Com muita sagacidade. Tanto o local quanto o método foram escolhidos com grande conhecimento e perspicácia. Estavam com medo de mim.

– Quem?

– Esses quatro gênios que se coligaram para maquinar fora da lei. Um chinês, um americano, uma francesa e um... incógnito. Deus queira que a gente chegue a tempo, Hastings.

– Acha que nosso visitante corre perigo?

– Acho não, tenho certeza.

A sra. Pearson saudou-nos ao chegarmos. Enquanto ela demonstrava enlevos de assombro ao ver Poirot, pedimos informações. Foram reconfortantes. Ninguém havia ligado, e nosso visitante não se manifestara.

Com um suspiro de alívio, subimos ao apartamento. Poirot cruzou a sala de estar e entrou no aposento interno. Então me chamou com uma estranha agitação na voz.

– Hastings, ele está morto.

Atendi correndo ao chamado de Poirot. O homem estava deitado na mesma posição, mas sem vida. Morrera há um certo tempo. Corri para chamar um médico. Ridgeway, eu sabia, não teria retornado ainda. Sem demora, localizei outro e trouxe-o comigo.

– Mortinho, o pobre sujeito. Um vagabundo que vocês estavam ajudando, não é?

– Coisa parecida – disse Poirot, evasivo. – Qual a causa da morte, doutor?

– Difícil afirmar. Pode ter sido uma espécie de ataque. Há sinais de asfixia. Por acaso tem gás no apartamento?

– Não, só luz elétrica.

– E as duas janelas escancaradas. Morto há umas duas horas, eu diria. Os senhores vão avisar a quem de direito, não vão?

O médico se retirou. Poirot fez alguns telefonemas necessários. Por fim, para meu espanto, ligou para nosso velho amigo, o inspetor Japp, da Scotland Yard, e perguntou se ele não poderia dar uma passada por ali.

Tão logo essas medidas foram tomadas, a sra. Pearson apareceu com os olhos arregalados.

– Tem um homem lá embaixo. Disse que é do'spício Anwell. Já pensou? Faço ele subir?

Assentimos, e um homenzarrão com uniforme foi introduzido no recinto.

– Dia, cavalheiros – disse ele, efusivo. – Há indícios de que os senhores estejam com um dos meus passarinhos aqui. Fugiu ontem à noite, o maroto.

– *Estava* aqui – disse Poirot com voz calma.

– Não vai me dizer que ele fugiu de novo? – indagou o atendente, com certa apreensão.

– Está morto.

O homem pareceu mais aliviado do que qualquer outra coisa.

– Não me diga. Bem, é melhor assim. Arrisco dizer que assim foi melhor pra todo mundo.

– Ele era... perigoso?

– Tendência 'ssassina, quer dizer? Ah, que nada. Bem inofensivo até. Mania de perseguição aguda. Cheio de sociedades secretas da China que o trancafiaram. São todos iguais.

Estremeci.

– Há quanto tempo ele estava trancafiado? – perguntou Poirot.

– Vai fazer dois anos agora.

– Entendo – disse Poirot com a voz baixa. – Nunca ocorreu a ninguém que ele estivesse... bem da cabeça?

O atendente permitiu-se cair na risada.

– Se ele estivesse bem da cabeça, o que estaria fazendo num hospício? Sabe, todos *dizem* estar bem da cabeça.

Poirot não falou mais nada. Conduziu o homem ao quarto interno para ver o corpo. A identificação veio de imediato.

– É ele... com certeza – disse o funcionário do hospício de modo insensível. – Tipo meio engraçado, né? Bem, senhores, dadas as circunstâncias, é melhor eu ir andando e tratar de tomar as providências. Não queremos que esse cadáver os incomode por muito mais tempo. Em caso de inquérito, os senhores vão ser chamados, arrisco dizer. Bom dia, sir.

Com uma reverência desajeitada, retirou-se do quarto arrastando os pés.

Poucos minutos depois, o inspetor Japp chegou, airoso e garboso como sempre.

– Eis-me aqui, *moosior* Poirot. O que posso fazer para lhe ajudar? Não era hoje que o senhor ia viajar para uma dessas praias tropicais?

– Meu bom Japp, quero saber se você já viu este homem antes.

Levou Japp ao quarto interno. Com o rosto perplexo, o inspetor encarou o indivíduo na cama.

– Deixe-me ver... não me é estranho... e olha que eu

me orgulho de ter boa memória para fisionomias. Minha nossa! É Mayerling!

– E quem é Mayerling?

– Um camarada do serviço secreto... não é do nosso pessoal. Foi para a Rússia cinco anos atrás. Depois disso nunca mais ouvi falar dele. Sempre pensei que havia sido morto pelos comunistas.

– Tudo se encaixa – disse Poirot após Japp sair –, com exceção de que a morte dele parece ter sido natural.

Permaneceu de cenho franzido, com o olhar baixo e fixo no vulto imóvel. Uma lufada de vento fez as cortinas esvoaçarem. Poirot levantou os olhos bruscamente.

– Imagino que você tenha aberto as janelas quando o trouxe até a cama, Hastings?

– Não – respondi. – Até onde me lembro, estavam fechadas.

Poirot ergueu a cabeça de repente.

– Fechadas... mas agora estão abertas. O que isso significa?

– Alguém entrou por ali – sugeri.

– É possível – concordou Poirot, absorto e sem convicção. Pouco depois, disse:

– Não é bem isso que eu quis dizer, Hastings. Se só uma janela estivesse aberta, não seria de se estranhar. O que me deixa intrigado é o fato de as duas janelas estarem abertas.

Correu ao outro quarto.

– A janela da sala de estar, aberta também. E estava fechada. Ah!

Inclinou-se sobre o homem morto, examinando os cantos da boca com minúcia. Então levantou o olhar de súbito.

– Ele foi amordaçado, Hastings. Amordaçado e depois envenenado.

– Céus! – exclamei, chocado. – Suponho que tudo isso seja descoberto na autópsia.

– Nada será descoberto. Ele morreu inalando ácido prússico concentrado. Foi pressionado contra o nariz dele. Então o assassino foi embora, não sem antes abrir todas as janelas. O ácido cianídrico é extremamente volátil, mas tem um cheiro forte de amêndoas amargas. Sem vestígio de odor para guiá-los e sem suspeita de crime, os médicos creditam a morte a causas naturais. Hastings, então este homem era do serviço secreto. E desapareceu há cinco anos na Rússia.

– Esteve no hospício nos últimos dois anos – falei. – Mas e os três anos anteriores?

Poirot balançou a cabeça e então me agarrou pelo braço.

– O relógio, Hastings, olhe o relógio.

Segui o olhar dele até a cornija da lareira. O relógio havia parado marcando quatro horas.

– *Mon ami*, alguém forjou isso. Tinha ainda três dias para funcionar. A corda dura oito dias, entende?

– Mas por que eles iam querer fazer uma coisa dessas? Para dar a pista falsa de que o crime ocorreu às quatro horas?

– Não, *mon ami*, nada disso. Coordene as ideias. Ponha para trabalhar as pequenas células cinzentas. Coloque-se na pele de Mayerling. Escuta um barulho talvez... e se dá conta de que seu destino está selado. Só resta tempo para deixar um sinal. *Quatro* horas, Hastings. Quatro, o *destruidor*. Ah! Tive uma ideia!

Com rapidez passou do quarto à sala e pegou o telefone. Pediu uma ligação para Hanwell.

– É do hospício, não? Fiquei sabendo que hoje houve uma fuga, é verdade? Como? Espere um pouco, por favor. Poderia repetir? Ah! *Parfaitement*.

Colocou o fone no gancho e virou-se para mim.

– Escutou isso, Hastings? *Não houve fuga nenhuma.*

— Mas e o homem que veio... o atendente? – perguntei.

— Isso me faz pensar... pensar bastante.

— Quer dizer...?

— Quatro... o destruidor.

Confuso, fitei Poirot. No instante seguinte, recuperei a voz e disse:

— Se o virmos de novo, vamos reconhecê-lo, em qualquer lugar, isso é certo. Era um homem de personalidade muito característica.

— Será mesmo, *mon ami*? Acho que não. Tinha corpo troncudo, rosto corado e postura sem cerimônias. Tinha bigode espesso e voz rouca. A esta altura não deve ter nenhuma dessas coisas. Quanto ao resto, tem olhos indefiníveis, orelhas indefiníveis e uma irretocável dentadura postiça. Identificação não é um assunto fácil como você pensa. Na próxima vez...

— Será que vai ter uma próxima vez? – interrompi.

O rosto de Poirot ficou muito sério.

— É um duelo mortal, *mon ami*. De um lado, você e eu. Do outro, os Quatro Grandes. Eles venceram o primeiro round; mas falharam no plano de me tirar do caminho. Em breve vão ter que acertar as contas com Hercule Poirot!

Capítulo 3

Ficamos sabendo mais sobre Li Chang Yen

Por um ou dois dias depois da visita do falso atendente do hospício, cultivei esperanças de que ele pudesse retornar... e não tirei o pé do apartamento nem por um segundo. Até onde ia minha percepção, ele não tinha razão para suspeitar de que descobríramos seu disfarce. Ele poderia, pensava eu, retornar e tentar remover o corpo, mas Poirot ridicularizava meu raciocínio:

– *Mon ami* – disse ele –, se faz questão, pode esperar aqui, mas eu é que não vou perder meu tempo com isso.

– Mas, então, Poirot – argumentei –, por que ele correu o risco de aparecer? Se tencionasse voltar mais tarde para levar o corpo, sua visita teria algum sentido. Pelo menos estaria eliminando as provas contra si. Caso contrário, não me parece que ele tenha obtido alguma coisa.

Poirot deu a sua encolhida de ombros mais francesa.

– Mas você não enxerga com os olhos do Número Quatro, Hastings – disse ele. – Fala de provas, mas dispomos de que provas contra ele? É verdade, temos um corpo, mas nem ao menos podemos provar que ele foi assassinado... ácido prússico, quando inalado, não deixa vestígios. Além disso, não podemos encontrar ninguém que tenha visto alguém entrando no apartamento em nossa ausência e não descobrimos nada sobre as ações de nosso amigo Mayerling...

"– Não, Hastings, o Número Quatro não deixou pistas e sabe disso. Podemos classificar sua visita como de reconhecimento. Talvez ele quisesse certificar-se de que Mayerling estava morto, mas é mais provável, a meu ver, que tenha vindo para conhecer Hercule Poirot e conversar com o único adversário que considera temível."

O raciocínio de Poirot parecia tipicamente egocêntrico, mas evitei discutir.

– E quanto ao inquérito? – indaguei. – Imagino que você vá explicar as coisas bem claramente e dar à polícia uma descrição completa do Número Quatro.

– Com que objetivo? Podemos apresentar algo capaz de impressionar o juiz investigador e seu júri de britânicos criteriosos? Não. Vamos permitir apenas que o caso seja rotulado de "morte acidental". E, quem sabe, embora eu não tenha tanta esperança, nosso esperto assassino dê tapinhas nas próprias costas congratulando-se por ter enganado Hercule Poirot no primeiro round.

Como de costume, Poirot estava certo. Não vimos mais a cara do homem do hospício, e o inquérito (ao qual eu dei importância, mas ao qual Poirot não se deu ao trabalho de comparecer) não despertou o interesse público.

Tendo em vista a viagem planejada à América do Sul, Poirot desvencilhara-se dos compromissos antes de minha chegada e não dispunha de nenhuma investigação no momento. Por isso, ele passava a maior parte do tempo no apartamento. Entretanto, eu não desfrutava muito de sua companhia. Ele ficava afundado na poltrona e desencorajava minhas tentativas de conversar.

Então, certa manhã, uma semana depois do assassinato, ele me perguntou se eu me importaria de acompanhá-lo numa visita que ele gostaria de fazer. Fiquei contente, pois achava que ele estava cometendo um engano ao tentar resolver as coisas sem pedir a ajuda de ninguém. Eu desejava discutir o caso com ele. Mas descobri que ele não estava a fim de conversa. Até mesmo quando perguntei aonde íamos, ele não me respondeu.

Poirot adora ser misterioso. Nunca compartilha informações até o último momento possível. Nesta ocasião, após pegarmos sucessivamente um ônibus e dois trens e chegarmos à vizinhança de um dos subúrbios mais lúgubres do Sul de Londres, enfim consentiu em explicar as coisas.

— Hastings, vamos falar com o único homem na Inglaterra que conhece a maior parte da vida subterrânea da China.

— É mesmo? E quem ele é?

— Você nunca ouviu falar dele... um tal de sr. John Ingles. Para todos os efeitos, é um funcionário público de intelecto mediano, com a casa repleta de raridades chinesas com as quais entedia amigos e conhecidos. No entanto, quem sabe do assunto garantiu-me que o único homem capaz de me fornecer as informações que procuro é esse mesmo John Ingles.

Instantes depois, subíamos as escadas do solar dos Loureiros, como a residência do sr. Ingles era conhecida. Pessoalmente, não percebi nenhum pé de louro por perto, então deduzi que o nome provinha da usual nomenclatura obscura dos subúrbios.

Fomos recebidos por um criado chinês de rosto impassível e encaminhados sem delongas à presença do seu mestre. O sr. Ingles era um homem de ombros largos, de tez amarelada, com olhos encovados, de um caráter estranhamente reflexivo. Levantou-se para nos cumprimentar, pondo de lado a carta aberta que segurava. Referiu-se a ela após as boas-vindas.

— Sentem-se, por favor. Hasley me conta que os senhores desejam algumas informações e que eu posso ser útil no assunto.

— É verdade, monsieur. Gostaria de saber, por acaso já ouviu falar num homem chamado Li Chang Yen?

— Singular... singularíssimo. Onde os senhores ouviram falar nesse homem?

— Então o senhor o conhece?

— Uma vez nos encontramos. Sei alguma coisa sobre ele... não tanto quanto eu gostaria. Mas causa-me espécie que alguém mais na Inglaterra tenha ouvido falar nele. À sua maneira, é um grande homem (da classe dos mandarins e tudo o mais); mas o ponto crucial não é esse. Há boas razões para se supor que ele seja o homem por trás de tudo.

— Por trás de tudo o quê?

— De tudo. O desassossego global, os problemas trabalhistas que acossam todas as nações e as revoluções que irrompem em algumas delas. Existem pessoas, não alarmistas, que sabem do que estão falando. Elas afirmam que há uma força nos bastidores cujo objetivo é nada mais nada menos do que a desintegração da civilização. Sabe, na Rússia havia muitos sinais de que Lênin e Trótski eram meros fantoches com ações comandadas por outro cérebro. Não disponho de prova definitiva, mas estou bem convencido de que esse cérebro era o de Li Chang Yen.

— Ah, pode parar — protestei. — Não acha isso um pouco forçado? Desde quando um chinês iria apitar alguma coisa na Rússia?

Poirot olhou-me com desagrado.

— Para você, Hastings — comentou ele —, tudo que não venha da sua própria imaginação é forçado. De minha parte, concordo com este cavalheiro. Por favor, continue, monsieur.

— O que ele ambiciona alcançar exatamente admito que não sei ao certo — prosseguiu o sr. Ingles —, mas calculo que sua doença seja a mesma que acometeu os grandes cérebros desde Akbar, Alexandre até Napoleão: sede de poder e de supremacia pessoal. Até os tempos modernos, as conquistas dependiam da força armada. Porém, neste século de inquietude, um homem como Li Chang Yen pode lançar mão de outros meios. Pelas evidências que tenho, ele dispõe de verbas ilimitadas para suborno e propaganda ideológica. Há indícios de que ele controla alguma força científica com cujo poder o mundo jamais sonhou.

Poirot prestava muita atenção nas palavras do sr. Ingles.

– E na China? – perguntou ele. – Ele atua por lá também?

O outro assentiu com ênfase e afirmou:

– Embora eu não tenha prova para apresentar perante os tribunais, afirmo isso por conhecimento próprio. Conheço pessoalmente cada homem importante da China de hoje e posso garantir aos senhores: os homens que mais aparecem na mídia têm pouca ou nenhuma personalidade. São marionetes manipuladas pelos fios puxados por mãos de mestre, e essas mãos pertencem a Li Chang Yen. É dele o cérebro controlador do Oriente nos dias de hoje. Não entendemos o Oriente... e nunca vamos entender. Mas Li Chang Yen é a sua força motriz. Não que ele procure a luz dos holofotes... não, isso nem pensar. Ele nunca sai de seu palácio em Pequim. Mas ele mexe os pauzinhos (isso mesmo, mexe os pauzinhos) e coisas acontecem longe dali.

– E ele não tem nenhum oponente? – indagou Poirot.

O sr. Ingles inclinou o corpo à frente na poltrona.

– Nos últimos quatro anos, quatro homens tentaram enfrentar Li Chang Yen – disse ele, devagar. – Homens de caráter, honestidade e capacidade cerebral. Todos poderiam ter interferido nos planos dele.

Fez uma pausa.

– E então? – perguntei.

– Então, todos estão mortos. Um deles escreveu um artigo conectando o nome de Li Chang Yen às revoltas em Pequim. Dois dias depois, foi esfaqueado na rua. O assassino nunca foi capturado. As ofensas dos outros três foram semelhantes. Numa conferência, num artigo ou numa conversa, todos ligaram o nome de Li Chang Yen a levantes e rebeliões. Em menos de uma semana depois da indiscrição, estavam mortos. Um foi envenenado; outro morreu de cólera, um caso isolado, pois não havia epidemia; e o último foi encontrado morto na cama. A causa dessa última morte nunca foi determinada, mas o legista que examinou o corpo me contou que ele foi queimado e paralisado ao receber uma carga elétrica de incrível potência.

– E Li Chang Yen? – indagou Poirot. – Como seria de se esperar, nenhum vestígio conduz a ele, mas existem indícios, não?

O sr. Ingles deu de ombros.

– Indícios... ah sim, com certeza. Uma vez encontrei um homem prestes a falar, um jovem e promissor químico chinês, apadrinhado por Li Chang Yen. Um dia, esse químico me procurou. Percebi que ele estava à beira de um ataque de nervos. Aludiu aos experimentos em que andava envolvido no palácio de Li Chang Yen, sob as ordens do mandarim... Os experimentos tinham como cobaias trabalhadores chineses e revelavam o mais revoltante desdém à vida e ao sofrimento humanos. Ele se encontrava com os nervos em frangalhos, num estado de terror dos mais deploráveis. Deixei-o descansando em minha casa, num quarto do segundo piso, planejando interrogá-lo no dia seguinte... Mas, é claro, isso foi estupidez minha.

– Como eles o pegaram? – quis saber Poirot.

– Nunca vou saber. Acordei aquela noite com minha casa em chamas e tive sorte de escapar com vida. De acordo com a investigação, um incêndio de incrível intensidade começou no segundo andar. Os restos mortais de meu amigo químico foram carbonizados.

Pude notar, pelo ardor com que o sr. Ingles estivera falando, que aquele era um de seus assuntos preferidos. Ao que parece, ele também se deu conta de sua empolgação, pois riu como quem se desculpa.

– Mas, é claro – disse ele –, não tenho provas. E os senhores, assim como os outros, vão dizer que é só uma ideia fixa.

– Ao contrário – falou Poirot, calmamente. – Temos todas as razões para acreditar em seu relato. Estamos bem interessados em Li Chang Yen.

– Muito estranho os senhores saberem da sua existência. Não imaginava que uma vivalma em Londres tivesse ouvido falar nele. Seria bom saber onde foi que os senhores ouviram falar nele... sem querer ser indiscreto.

– Não está sendo nem um pouco indiscreto, monsieur. Um homem refugiou-se em meus aposentos. Estava sob um transe intenso, mas conseguiu nos contar o suficiente para despertar nosso interesse em Li Chang Yen. Descreveu quatro pessoas, os Quatro Grandes, uma organização até então nunca sonhada. Número Um, Li Chang Yen, Número Dois, um americano desconhecido, Número Três, uma mulher francesa igualmente desconhecida. Quanto ao Número Quatro, pode ser chamado de executivo da organização: o *Destruidor*. Meu informante morreu. Me diga, monsieur, já ouviu falar na expressão os Quatro Grandes?

– Não em conexão com Li Chang Yen. Não, não posso afirmar isso. Mas ouvi ou li algo, não faz muito tempo... e também numa conexão esquisita. Ah, já sei.

Ergueu-se, cruzou a sala e parou em frente a um armário embutido marchetado em ouro – um móvel extravagante, até onde consegui ver. Retornou com uma carta na mão.

– Aqui está. Enviada por um velho marinheiro que conheci certa vez em Shangai. Velho beberrão inveterado, eu diria. Creditei o conteúdo da carta aos delírios do alcoolismo.

Leu em voz alta:

– "Prezado Senhor: talvez não se lembre de mim, mas o senhor me ajudou uma vez em Shangai. Ajude-me outra vez agora. Preciso de dinheiro para sair do país. Estou bem escondido aqui, espero, mas a qualquer hora eles podem me achar. Os Quatro Grandes, quero dizer. É uma questão de vida ou morte. Tenho bastante dinheiro guardado, mas não me atrevo a movimentá-lo nem a chegar até ele, com medo de chamar a atenção deles. Por favor, me envie duzentas libras em espécie. Juro que vou reembolsar cada centavo. Seu criado, sir Jonathan Whalley."

– Postada em Granite Bungalow, Hoppaton, Dartmoor – explicou o sr. Ingles. – Receio ter considerado essa mensagem um método rudimentar de me aliviar de duzentas libras das quais eu nunca mais veria a cor. Se for de alguma utilidade para os senhores...

Esticou o braço oferecendo-nos a carta.

– *Je vous remercie*, monsieur. Vou partir a Hoppaton *à l'heure même*.

– Puxa vida, isso está ficando interessante. Posso ir com os senhores? Alguma objeção?

– Ficarei encantado com sua companhia, mas devemos partir logo. Se tudo correr bem, chegaremos em Dartmoor ao anoitecer.

John Ingles não retardou nossa partida por mais que dois minutos, e em breve nós três estávamos no trem afastando-nos de Paddington rumo a West Country. Hoppaton era uma pequena aldeia apinhada numa ravina bem nos limites do terreno pantanoso. Ficava a quinze quilômetros de carro a partir de Moretonhampstead. Chegamos perto das oito horas da noite; mas, como era mês de julho, ainda era dia claro.

Percorremos a estreita rua do vilarejo e então paramos para pedir orientações a um velho camponês.

– Granite Bungalow – disse o velho, refletindo. – Tão procurando Granite Bungalow, é isso?

Garantimos a ele que era isso que queríamos.

O velho apontou um chalezinho cinza no fim da rua.

— O bangalô fica em frente, ali adiante. Querem falar co' inspetor, querem?

— Que inspetor? — indagou Poirot bruscamente. — O que o senhor quer dizer?

— Não tão sabendo do crime, então? Negócio chocante, tá parecendo. Sangue pra tudo que é lado, tão dizendo.

— *Mon Dieu*! — murmurou Poirot. — Esse inspetor local, preciso falar com ele imediatamente.

Cinco minutos depois, estávamos em um gabinete com o inspetor Meadows. No começo, o inspetor não se mostrou muito colaborativo, mas, ao mencionarmos o nome mágico do inspetor Japp da Scotland Yard, ele mudou de atitude.

— Sim, sir. Assassinado esta manhã. Um negócio chocante. Ligaram para Moreton e eu vim na mesma hora. No começo, parecia um caso misterioso. O velho (tinha uns setenta anos, sabe, e era chegado numa bebida, pelo que me disseram) jazia no piso da sala de estar. Tinha um ferimento na cabeça e a garganta cortada de orelha a orelha. Sangue por tudo, os senhores podem imaginar. A mulher que cozinhava para ele, Betsy Andrews, nos contou que várias estatuetas chinesas feitas de jade, que o patrão lhe dissera que eram muito valiosas, tinham desaparecido. Isso, é claro, levava a crer num latrocínio, mas havia todo o tipo de dificuldade no caminho dessa solução. O ancião tinha dois empregados em casa: Betsy Andrews, uma senhora aqui mesmo de Hoppaton, e Robert Grant, uma espécie tosca de criado. Grant havia saído para buscar o leite na fazenda, coisa que faz todos os dias, e Betsy estava conversando na casa da vizinha. Ao que consta, ela ficou fora só uns vinte minutos (entre dez e dez e meia), e o crime deve ter acontecido nesse período. Grant voltou antes para casa. Entrou pela porta de trás, que estava aberta (ninguém tranca as portas por aqui, pelo menos não em plena luz do dia), colocou o leite na despensa e foi até o quarto dele ler jornal e fumar um cigarro. Ele não tinha ideia de que algo incomum tivesse acontecido... pelo menos é o que ele diz. Então Betsy entra, vai até a sala de estar, vê o que aconteceu e solta um berro de acordar os mortos. Até aí, tudo bem. Alguém entrou enquanto os dois estavam fora e fez o serviço no coitado do velho. Mas logo me chamou a atenção que esse criminoso deve ser um indivíduo bem sangue frio. Ele teria que ter vindo direto pela rua da vila ou se esgueirando pelo quintal de alguém. Granite Bungalow tem casas por toda a volta, como vocês podem notar. Como, então, ninguém viu nada?

O inspetor parou com um gesto peculiar.

– Entendo aonde o senhor quer chegar – disse Poirot. – Quer continuar?

– Bem, sir, negócio suspeito, falei para mim... muito suspeito. E comecei a olhar a meu redor. Ora, aquelas estatuetas chinesas, por exemplo. Por acaso um ladrão comum suspeitaria do valor delas? De qualquer forma, foi loucura tentar uma coisa dessas em plena luz do dia. E se o velho tivesse gritado por socorro?

– Imagino, inspetor – disse o sr. Ingles –, que o ferimento na cabeça tenha sido infligido antes da morte?

– Exato, sir. Primeiro o tontearam e depois o degolaram. Isso está claro. Mas como diabo ele veio e foi embora? Num lugarzinho como este, as pessoas notam estranhos na mesma hora. Então, me ocorreu de repente: ninguém veio. Dei uma boa olhada nas redondezas. Choveu ontem à noite, e pegadas nítidas entravam e saíam da cozinha. Na sala de estar, só dois conjuntos de pegadas (as pegadas de Betsy interrompiam-se na porta): as do sr. Whalley (ele calçava pantufas) e as de outro homem. O outro homem pisara nas manchas de sangue, e eu segui o rastro sanguinolento... com sua desculpa, sir.

— Não se incomode – disse o sr. Ingles com um sorriso amarelo. – O adjetivo é perfeitamente adequado.

— Primeira evidência: rastreei-o até a cozinha, mas não além dela. Segunda evidência: na moldura da porta de Robert Grant havia uma tênue mancha... uma tênue mancha de sangue. E a terceira evidência surgiu quando examinei as botas de Grant (que ele havia tirado) e comparei-as com as marcas. Elas se encaixavam. Foi um serviço doméstico. Adverti Grant e o coloquei em prisão preventiva. E o que os senhores acham que encontrei embrulhado na maleta dele? As pequenas estatuetas de jade e um certificado de soltura. Robert Grant era também Abraham Biggs, condenado por arrombamento e homicídio há cinco anos.

O inspetor silenciou, triunfante.

— O que acham disso, cavalheiros?

— Acho – disse Poirot – que aparenta ser um caso bastante óbvio... de uma obviedade surpreendente, aliás. Esse Biggs, ou Grant, deve ser um homem bem estúpido e inculto, não?

— Ah, ele é bem isso: um camarada rústico e simples. Sem ideia do que uma pegada pode significar.

— É evidente que ele não conhece literatura policial! Bem, inspetor, eu lhe dou meus parabéns. Podemos olhar a cena do crime?

— Eu mesmo vou acompanhá-los até lá agora. Quero que os senhores vejam aquelas pegadas.

— Eu também gostaria de vê-las. Sim, sim, muito interessante e engenhoso.

Saímos sem demora. O sr. Ingles e o inspetor tomaram a dianteira. Retive Poirot um pouco para trás, de modo a conseguir conversar com ele sem o inspetor ouvir.

— O que pensa realmente, Poirot? Há algo mais nisso além do que podemos ver?

– Esse é o problema, *mon ami*. Whalley diz claramente na carta dele que os Quatro Grandes estavam em seu encalço. E você e eu sabemos que os Quatro Grandes não brincam em serviço. No entanto, tudo indica que esse tal de Grant cometeu o crime. Por que ele fez isso? Por causa das estatuetas de jade? Ou será que é um agente dos Quatro Grandes? Confesso que essa última alternativa é a mais provável. Por mais valioso que fosse o jade, não era provável que um homem dessa categoria se apercebesse disso... ao menos a ponto de cometer assassinato. (E essa ideia, *par example*, não ocorreu ao inspetor.) Ele poderia ter roubado o jade e fugido em vez de cometer um assassinato brutal. Ah, sim: receio que nosso amigo de Devonshire não tenha utilizado as pequenas células cinzentas. Mediu pegadas, mas deixou de pensar e coordenar as ideias com o método necessário.

Capítulo 4

A importância de um pernil de cordeiro

O inspetor tirou uma chave do bolso e abriu a porta de Granite Bungalow. O dia estivera ensolarado e seco, por isso era improvável que nossos sapatos deixassem quaisquer pegadas; entretanto, antes de entrar, limpamos com cuidado os sapatos no capacho.

Uma mulher apareceu da penumbra e falou com o inspetor, que se virou na direção dela. Então, falou sobre o ombro:

– Dê uma boa olhada por aí, sr. Poirot, e veja tudo que lhe aprouver. Em dez minutos estou de volta. A propósito, aqui está a bota de Grant. Trouxe junto comigo para os senhores compararem com as marcas.

Entramos na sala de estar, e o som dos passos do inspetor sumiu lá fora. De imediato, Ingles atraiu-se por algumas raridades chinesas na mesa de canto e foi examiná-las. Parecia não ter interesse nos afazeres de Poirot. Eu, por outro lado, observei-o com intenso interesse. O piso estava coberto com uma camada de linóleo verde-escuro, ideal para revelar pegadas. Uma porta na extremidade oposta dava para a pequena cozinha. Dali, outra porta conduzia à copa (onde ficava a porta dos fundos) e outra ao quarto antes ocupado por Robert Grant. Tendo examinado o chão, Poirot comentou em voz baixa num monólogo fluente:

– O corpo estava aqui; esta grande mancha escura e os respingos ao redor demarcam o local. Observe: aqui, sinais de pantufas, ali, vestígios de botas tamanho 41, mas tudo muito confuso. Então, dois pares de rastros indo e voltando entre a sala e a cozinha. Seja lá quem for o assassino, veio por esse caminho. Tem a bota aí, Hastings? Passe para cá.

Com minúcia, ele comparou a bota com as pegadas.

– Sim, dois rastros feitos pelo mesmo homem, Robert Grant. Entrou por ali, matou o velho e retornou à cozinha. Pisou no sangue: vê as marcas que ele deixou ao sair? Nada para conferir na cozinha... a vila toda já andou por ali. Foi ao quarto dele... não, antes voltou à cena do crime... teria sido para pegar as estatuetas de jade? Ou teria esquecido algo que pudesse incriminá-lo?

– Talvez ele tenha matado o velho na segunda vez que entrou? – sugeri.

– *Mais non*! Preste atenção: numa dessas pegadas de saída manchadas de sangue há a sobreposição de uma pegada de entrada. Pergunto-me por que ele voltou... será que só depois ele lembrou das estatuetas de jade? É tudo tão ridículo... tão estúpido.

– Bom, ele se incriminou de um jeito que não deixa dúvidas.

– *N'est-ce pas*? Escute, Hastings, isso não faz sentido. Ofende minhas pequenas células cinzentas. Vamos até o quarto dele... ah, sim: tem uma mancha de sangue na moldura da porta e só um rastro de pegadas... ensanguentadas. As pegadas de Robert Grant, só elas, perto do corpo... Robert Grant sendo o único homem que estava nas redondezas. Sim, deve ser isso.

– Mas e quanto à cozinheira? – perguntei de repente. – Ela esteve sozinha na casa depois que Grant saiu para buscar leite. Ela poderia ter cometido o crime e então saído. Não deixou pegadas, pois não saiu de casa.

– Muito bem, Hastings. Fiquei me perguntando se você ia pensar nessa hipótese. Eu já tinha pensado nela e a descartado. Betsy Andrews é uma mulher do povoado, bem conhecida por aqui. Não pode ter conexão alguma com os Quatro Grandes. Além disso, ao que tudo indica, o velho Whalley era um camarada forte. Este é um trabalho masculino... não feminino.

– Imagino se não é possível que os Quatro Grandes tenham usado uma engenhoca diabólica escondida no telhado... uma coisa que descesse automaticamente, cortasse a garganta do velho e fosse recolhida de novo?

– Algo como uma escada de corda? Hastings, sei que sua imaginação é das mais férteis... mas imploro que a mantenha dentro dos limites do razoável.

Calei-me, acabrunhado. Poirot continuou a perambular, bisbilhotando aposentos e armários, no rosto uma expressão de profundo dissabor. De súbito, deixou escapar um guincho de excitação que me lembrou um lulu da Pomerânia. Corri até perto dele. Estava na despensa numa atitude teatral. Brandia na mão o pernil de um cordeiro!

– Meu querido Poirot! – gritei. – O que houve? Enlouqueceu de repente?

– Pelo amor de Deus, examine este cordeiro. Mas examine com atenção!

Examinei tão atentamente como pude, mas não percebi nada de diferente nele. Pareceu-me um pernil de cordeiro bem comum até. Expus o que eu pensava. Poirot lançou-me um olhar devastador.

– Mas você não percebeu isto... e isto... e mais isto...

Ilustrou cada "isto" com uma pancada no inofensivo pernil, e cada golpe soltava pequenas lascas de gelo.

Poirot há pouco me acusara de ser imaginativo, mas naquele momento senti que a fertilidade da minha imaginação não chegava nem aos pés da dele. Será que ele pensava mesmo que as lascas de gelo eram cristais de um veneno fatal? Essa era a minha única interpretação para seu extraordinário alvoroço.

– Carne congelada, sabe – expliquei, com suavidade. – Importada da Nova Zelândia.

Encarou-me um instante e então irrompeu numa estranha risada.

– Que maravilha esse meu amigo Hastings! Sabe tudo... mas tudo mesmo! Uma verdadeira enciclopédia ambulante. Esse é o meu amigo Hastings.

Largou o pernil de cordeiro na travessa e saiu da despensa. Então olhou pela janela.

– Aí vem o nosso amigo inspetor. Muito bem. Já vi tudo que queria ver por aqui.

Distraído, Poirot tamborilou os dedos na mesa, como se absorto em cálculos. Então perguntou de repente:

– Que dia da semana é hoje, *mon ami*?

– Segunda – disse eu, bastante surpreso. – O quê...?

– Ah, segunda, não é mesmo? Péssimo dia da semana. É um erro cometer crimes na segunda-feira.

Voltando à sala de estar, deu uma pancadinha no vidro do termômetro da parede e mirou a escala.

– Bom e estável, 21° C. Típico dia de verão britânico.

Ingles continuava perscrutando várias peças de cerâmica chinesa.

– O senhor não tem muito interesse nesse inquérito, não é, monsieur? – quis saber Poirot.

O outro sorriu devagar.

– Sabe, não é o meu serviço. Sou conhecedor de certas coisas, mas não disso. Então apenas recuo e fico fora do caminho. O Oriente ensinou-me a arte da paciência.

O inspetor entrou agitado, desculpando-se pela demora. Insistiu em nos mostrar o terreno de novo, mas enfim nos retiramos.

– Tenho que agradecer suas inúmeras gentilezas, inspetor – disse Poirot, enquanto descíamos pela rua do vilarejo outra vez. – Só tenho mais um pedido a fazer.

– Deseja ver o corpo, talvez, sir?

– Ah, não, Deus me livre! Não tenho o mínimo interesse no corpo. Quero falar com Robert Grant.

– Vai ter que voltar de carro comigo até Moreton, sir.

– Muito bem, façamos isso. Mas eu preciso vê-lo e falar com ele a sós.

O inspetor acariciou o lábio superior.

– Bem, não posso lhe garantir isso, sir.

– Eu lhe garanto que, se o senhor entrar em contato com a Scotland Yard, vai receber autoridade plena.

– Já ouvi falar do senhor, é lógico, sir. Sei que nos ajudou algumas vezes. Mas isso é muito irregular.

– No entanto, é necessário – disse Poirot calmamente. – É necessário por uma simples razão... Grant não é o assassino.

– O quê? Então, quem é?

– O assassino, presumo, é um homem jovem. Veio até Granite Bungalow numa charrete e estacionou na rua. Entrou, cometeu o crime, saiu e foi embora rodando. Estava com a cabeça descoberta e a roupa um pouco ensanguentada.

– Mas... mas a vila toda teria visto ele!

– Não sob certas circunstâncias.

– Se estivesse escuro, talvez não; mas o crime foi cometido em plena luz do dia.

Poirot apenas sorriu.

– E o cavalo e a charrete, sir... como pode ter certeza? Há muitas marcas de veículos na rua. Não há como descobrir a marca de um veículo específico.

– Talvez não com os olhos do corpo; mas com os olhos da mente.

O inspetor tocou a fronte de modo significativo e lançou-me um sorriso irônico. Eu estava completamente desnorteado, mas confiava em Poirot. A discussão terminou com nós todos acompanhando o inspetor em seu carro de volta a Moreton. Poirot e eu fomos levados a Grant, mas um guarda esteve presente durante a conversa. Poirot foi direto ao ponto.

– Grant, sei que você não cometeu esse crime. Conte-me com suas palavras exatamente o que aconteceu.

O prisioneiro era um homem de estatura mediana, com um arranjo de feições um tanto desagradável. Se alguém parecia um presidiário, era ele.

– Para ser honesto, não fui eu – lamuriou-se. – Alguém colocou aqueles bonecos de vidro no meio de minhas coisas. Foi uma armação, sim senhor. Como eu disse, quando entrei fui direto ao meu quarto. Não escutei nada até que Betsy gritou. Por Deus, Nosso Senhor, eu que não fui.

Poirot levantou-se.

– Se não é capaz de me dizer a verdade, não posso fazer nada.

– Mas chefia...

– Você *realmente* entrou na sala... e *realmente* sabia que o seu patrão estava morto. E estava se preparando para dar no pé quando a boa Betsy fez a terrível descoberta.

O homem encarou Poirot de queixo caído.

– Vamos lá, não foi isso o que aconteceu? Eu lhe garanto (dou minha palavra de honra) que a sua única chance é abrir o jogo agora.

– Não tenho nada a perder – disse o homem de repente. – Foi bem assim como o senhor disse. Entrei e fui direto falar com o patrão... e lá estava ele, estirado no chão, com sangue por todo lado. Então fiquei com medo. Vão descobrir minha ficha de antecedentes. E, pode apostar, vão colocar a culpa em mim. Só conseguia pensar em fugir... na mesma hora... antes que ele fosse encontrado.

– E as estatuetas de jade?

O homem titubeou.

– Sabe...

– Vamos dizer, pegou-as por uma espécie de impulso natural? Ouviu o patrão falando que eram valiosas e... a ocasião faz o ladrão. Até aí eu entendo. Mas agora me responda. Você pegou as estatuetas na segunda vez que entrou na sala?

– Não entrei duas vezes. Uma foi suficiente.

– Tem certeza disso?

– Certeza absoluta.

– Bom. Agora me diga: quando saiu da prisão?

– Dois meses atrás.

– Como conseguiu esse emprego?

– Foi uma dessas sociedades de ajuda aos prisioneiros. Um cara me esperava no dia em que eu saí.

– Como ele era?

– Não exatamente um vigário, mas parecia um. Chapéu preto macio, fala mansa. Dente da frente quebrado. Óculos. O nome dele era Saunders. Disse que esperava que eu estivesse arrependido, que ia achar uma boa posição pra mim. Procurei o velho Whalley por recomendação dele.

Poirot ergueu-se outra vez.

– Obrigado. Agora sei de tudo. Seja paciente.

Parou no vão da porta e acrescentou:

– Saunders lhe deu um par de botas, não deu?

Grant pareceu muito espantado.

– Sim, ele me deu. Mas como o senhor sabe?

– Saber das coisas é minha profissão – disse Poirot com seriedade.

Após uma palavrinha com o inspetor, nós três fomos ao White Hart debater ovos com bacon regados a cidra de Devonshire.

– Algum esclarecimento por enquanto? – indagou Ingles com um sorriso.

– Sim, o caso está claro o suficiente agora. Mas, veja bem, vou ter bastante dificuldade em prová-lo. Whalley foi assassinado por ordem dos Quatro Grandes... mas o assassino não foi Grant. Um homem muito esperto conseguiu o cargo para Grant e planejou de modo deliberado torná-lo o bode expiatório... fato pacífico, levando em conta a ficha corrida de Grant. Deu um par de botas a Grant, um de dois pares duplicados. O outro guardou para si. Foi tudo tão simples. Com Grant fora de casa e Betsy tagarelando na vila (o que provavelmente ela faz todos os dias de sua vida), ele sobe a rua rodando. Com o par de botas duplicado nos pés, entra pela cozinha, ganha a sala de estar, nocauteia o velho com uma pancada na cabeça e então o degola. Em seguida, volta à cozinha, tira as botas, coloca outro par e, carregando o primeiro par, sai, sobe na charrete e vai embora.

Ingles mira Poirot com o olhar fixo.

– Mas ainda existe um empecilho. Como ninguém o viu?

– Ah! Aí que, estou convencido, entra a esperteza do Número Quatro. Todos o viram... no entanto, ninguém o viu. Ele veio numa charrete de açougueiro!

Soltei uma exclamação.

– O pernil de cordeiro?

– Exato, Hastings, o pernil de cordeiro. Todos juravam que ninguém estivera em Granite Bungalow hoje de manhã. Entretanto, encontrei na despensa um pernil de cordeiro ainda congelado. Hoje é segunda-feira, então a carne deve ter sido entregue essa manhã. Pois, se fosse no sábado, nesse tempo quente, teria descongelado durante o domingo. Então alguém *havia* estado em Bungalow, um homem em que um respingo de sangue aqui e outro ali não despertaria atenção.

– Incrivelmente engenhoso! – exclamou Ingles em tom de aprovação.

– Sim, é esperto esse Número Quatro.

– Tão esperto quanto Hercule Poirot? – murmurei.

Meu amigo lançou-me um olhar de censura dignificante.

– Há certas brincadeiras que você não deveria se permitir, Hastings – sentenciou, lacônico. – Não salvei um homem inocente da forca? Por hoje é proeza suficiente.

Capítulo 5

O sumiço do cientista

Na minha opinião, mesmo após o júri ter retirado as acusações contra Robert Grant, ou Biggs, do assassinato de Jonathan Whalley, não creio que o inspetor Meadows tenha se convencido plenamente da inocência dele. Para sua mente lógica, o caso construído por ele contra Grant (a ficha policial, o jade roubado, as botas que se encaixavam de modo perfeito nas pegadas) era completo demais para ser refutado assim tão facilmente. Mas Poirot, forçado (muito contra sua natureza) a apresentar provas, convenceu o júri. Duas testemunhas afirmaram ter visto uma carroça de açougueiro indo ao chalé naquela manhã de segunda-feira, e o açougueiro local afirmou que sua carroça só passava na vila às quartas e sextas.

Ao ser interrogada, uma senhora inclusive lembrou ter visto o açougueiro saindo do chalé, mas não foi capaz de fazer uma descrição útil. A única impressão que ele parece ter deixado nela foi a de um homem de barba raspada e estatura mediana, com a exata aparência de um açougueiro. Ao ouvir essa descrição, Poirot deu de ombros filosoficamente.

– É como eu lhe digo, Hastings – disse-me ele, ao terminar o julgamento. – É um ator, essa figura. Não se disfarça com barba falsa e óculos escuros: altera as próprias feições. Mas isso é o de menos. Naquele determinado instante, ele *é* o homem que deseja ser. Ele encarna o personagem.

Sem dúvida, eu era forçado a admitir: o homem que nos visitara de Hanwell se encaixava feito luva na ideia que eu fazia de um atendente de hospício. Nunca, nem por um momento, sonhei em duvidar da sua autenticidade.

Tudo era um tanto desanimador, e nossa experiência em Dartmoor não parecia ter nos ajudado em nada. Comentei isso com Poirot, mas ele não admitiu nossa falta de evolução.

– Estamos avançando – disse ele –, estamos avançando. A cada contato com esse homem, aprendemos um pouco de sua mente e de seus métodos. Sobre nós e nossos planos ele não sabe nada.

– Parece que nesse pormenor, Poirot – protestei –, ele e eu estamos no mesmo barco. Pelo que estou vendo, você não tem plano nenhum a não ser ficar sentado esperando ele fazer uma jogada.

Poirot sorriu.

– *Mon ami*, você não muda. Sempre o mesmo Hastings, pronto para dar uma alfinetada. Talvez – acrescentou, ao soar uma batida na porta – esta seja sua chance. Pode ser que nosso amigo entre.

E riu ao ver minha decepção quando o inspetor Japp e outro homem entraram na sala.

– Boa noite, *moosior* – saudou o inspetor. – Com sua permissão, gostaria de apresentar o capitão Kent, do serviço secreto norte-americano.

O capitão Kent era um ianque alto e magro, com rosto singularmente inexpressivo, como que esculpido em madeira.

– Prazer em conhecê-los, cavalheiros – falou em voz baixa, enquanto trocava apertos de mãos às sacudidas.

Poirot jogou outra acha de lenha no fogo e puxou mais duas poltronas para perto. Eu trouxe copos e uísque com soda. O capitão tomou um gole generoso e elogiou:

– A legislação no seu país ainda é legítima.

– Agora vamos ao que interessa – disse Japp. – O *moosior* Poirot aqui me pediu uma coisa. Ele estava interessado em certo assunto envolvendo o nome dos Quatro Grandes e me pediu que o mantivesse informado se a qualquer momento eu me deparasse com alguma menção sobre isso em minhas missões oficiais. Não dei muita importância ao fato, mas não esqueci do que ele me disse. Quando ouvi do capitão um relato muito curioso, eu disse na hora: "Vamos falar com moosior Poirot".

Poirot lançou um olhar para o capitão Kent, e o americano tomou a palavra.

– Talvez o senhor tenha lido em algum lugar, sr. Poirot, que vários torpedeiros e destróieres foram afundados ao se chocarem contra recifes ao largo da costa norte-americana. Foi pouco após o terremoto no Japão. A explicação oficial foi a de que o desastre havia sido o resultado de um tsunami. Há poucos dias, numa batida foram presos certos fora da lei e criminosos armados. Estavam de posse de papéis que nos fizeram ver a questão com outros olhos. Mencionavam uma organização chamada os "Quatro Grandes" e davam uma descrição superficial de uma potente instalação wireless... uma concentração de energia sem fio nunca antes vista ou tentada, capaz de concentrar raios de grande intensidade sobre um determinado local. Obviamente, as alegações feitas sobre a invenção pareciam absurdas, mas eu as levei ao quartel-general para checar se eram verídicas, e um de nossos eminentes cientistas ocupou-se do assunto. Então ele descobriu que um pesquisador britânico lera um artigo sobre o tópico perante a comunidade científica. Até onde se sabe, os colegas não se impressionaram muito, acharam forçado e fantasioso, mas o cientista permaneceu irredutível e declarou que estava prestes a alcançar o sucesso em seus experimentos.

– *Eh bien*? – pediu Poirot, interessado.

– Sugeriram que eu viesse até aqui para ter um colóquio com esse cavalheiro. Por sinal, um camarada bem novo, Halliday, seu nome. É a maior autoridade no assunto. Eu deveria perguntar a ele se a operação preconizada era ou não possível.

– E era? – indaguei, ansioso.

– É justamente isso que não sei. Não me encontrei com o sr. Halliday... e acho que não vou conseguir encontrá-lo, pelo que estou vendo.

– A verdade é que – resumiu Japp – Halliday desapareceu.

– Quando?

– Há dois meses.

– O desaparecimento dele foi registrado?

– Claro que sim. A esposa veio até nós, desesperada. Fizemos o que estava a nosso alcance, mas eu sabia que não ia adiantar nada.

– Por que não?

– Nunca adianta... quando um homem desaparece dessa forma. – Japp deu uma piscadela.

– De que forma?

– Paris.

– Então Halliday sumiu em Paris?

– Sim. Foi até lá por conta de um trabalho científico... pelo menos foi o que ele disse. É lógico, ele teria que dizer algo do tipo. Mas os senhores sabem o que significa quando um homem some por lá. Ou é obra dos apaches parisienses (e então é o fim) ou é sumiço espontâneo (e essa hipótese é a mais provável, posso garantir). Sabe, aquela história da Paris festeira e tudo o mais. Cansou da vida doméstica. Halliday e a mulher dele tiveram uma rusga antes de ele partir, o que ajuda a tornar o caso ainda mais claro.

– Imagino – disse Poirot, pensativo.

O americano o mirava com curiosidade.

– Diga-me, senhor – falou ele, arrastando as palavras –, que história é essa de Quatro Grandes?

– Os Quatro Grandes – respondeu Poirot – são uma organização internacional cujo líder é um chinês. É conhecido como o Número Um. O Número Dois é um americano. O Número Três é uma mulher francesa. O Número Quatro, o "destruidor", é um inglês.

– Uma francesa, hein? – assobiou o americano. – E Halliday sumiu na França. Talvez haja uma conexão. Qual o nome dela?

– Não sei. Não sei nada sobre ela.

– Mas é uma forte possibilidade, não? – sugeriu o outro.

Poirot assentiu com a cabeça, enquanto dispunha os copos em fileira na bandeja. Sua paixão por método estava maior do que nunca.

– Que ideia está por trás de afundar aqueles barcos? Os Quatro Grandes estão a serviço da Alemanha?

– Os Quatro Grandes estão a serviço deles próprios... e de ninguém mais, monsieur *le Capitaine*. O objetivo deles é dominar o mundo.

O americano caiu na gargalhada, mas cessou ao ver a expressão séria de Poirot.

– Você ri, monsieur – disse Poirot, apontando o dedo para ele. – Não raciocina... não usa as pequenas células cinzentas do cérebro. Que pessoas são essas que destroem parte de sua frota marítima apenas como demonstração de poder? Pois foi isso que aconteceu, monsieur: o teste da nova força de atração magnética que caiu nas mãos deles.

– Não brinque, *moosior* – disse Japp, bem-humorado. – Já li sobre superfacínoras muitas vezes, mas nunca havia topado com eles. Bom, os senhores escutaram a história do capitão Kent. Posso ajudá-los em mais alguma coisa?

– Sim, meu bom amigo. Pode nos dar o endereço da sra. Halliday... e também algumas poucas palavras de apresentação, se não for pedir demais.

Assim, no dia seguinte rumávamos a Chetwynd Lodge, perto da aldeia de Chobham, em Surrey.

A sra. Halliday – alta, esbelta, nervosa e agitada – recebeu-nos prontamente. Estava ao lado da filha, uma bonita menina de cinco anos.

Poirot explicou o propósito de nossa visita.

– Ah! Sr. Poirot, isso me deixa tão contente e agradecida. Já ouvi falar do senhor, é claro. O senhor não vai agir como aquele pessoal da Scotland Yard, que não nos dá ouvidos nem tenta nos entender. E a polícia francesa não é melhor... muito pelo contrário, aliás. Todos estão convencidos de que meu marido fugiu com outra mulher. Mas ele não era desse tipo de homem! Só pensava em trabalhar. A maior parte de nossas brigas era por causa disso. Ele dava mais importância para o trabalho do que para mim.

– Ingleses... são assim mesmo – disse Poirot, consolador. – Se não é o trabalho, são os jogos, os esportes. Todas essas coisas eles levam *au grand sérieux*. Agora, madame, nos reconstitua, passo a passo, do modo mais exato e detalhado que conseguir, as exatas circunstâncias do desaparecimento de seu marido.

– Meu marido foi a Paris na quinta-feira dia 20 de julho. Lá ele ia se encontrar com várias pessoas ligadas ao trabalho dele, entre elas a madame Olivier.

Poirot fez sim com a cabeça à menção da famosa química francesa, que ofuscara até madame Curie no brilhantismo de suas realizações. Ela havia sido condecorada pelo governo francês e era uma das personalidades mais proeminentes da atualidade.

– Chegou lá à noitinha e foi direto ao Hotel Castiglione, na Rue de Castiglione. Na manhã seguinte, tinha uma hora marcada com o professor Bourgoneau, à qual ele compareceu. Agiu de modo normal e agradável. Os dois tiveram uma conversa interessante e ficou combinado que ele voltaria no dia seguinte para assistir a alguns experimentos no laboratório do professor. Ele almoçou sozinho no Café Royal, deu uma caminhada no Bois e então visitou madame Olivier na casa dela em Passy. Lá também suas atitudes foram perfeitamente normais. Foi embora perto das seis. Onde jantou não se sabe, provavelmente sozinho num restaurante qualquer. Voltou ao hotel perto das onze e subiu direto ao quarto, após perguntar se havia chegado alguma mensagem para ele. Na manhã seguinte, saiu do hotel e não foi mais avistado.

– A que horas ele saiu do hotel? Na hora em que teria normalmente saído para cumprir seu compromisso no laboratório do professor Bourgoneau?

– Não sabemos. Não foi visto deixando o hotel. Mas nenhum *petit déjeuner* lhe foi servido, o que parece indicar que saiu cedo.

– Ou, na verdade, talvez ele pudesse ter saído de novo na noite anterior?

– Acho que não. A cama estava desfeita, e o porteiro da noite teria lembrado se alguém tivesse saído de madrugada.

– Bem observado, minha senhora. Podemos considerar, então, que ele saiu cedo na manhã seguinte... de certa maneira isso é tranquilizador. Não é provável ele ter sofrido um ataque de delinquentes juvenis numa hora dessas. A propósito, ele deixou toda a bagagem para trás?

A sra. Halliday pareceu bastante relutante em responder, mas enfim disse:

– Não... deve ter levado junto uma valise.

– Hum... – disse Poirot, pensativo. – Me pergunto aonde ele foi naquela noite. Saber isso nos ajudaria um bocado. Com quem será que ele se encontrou? Aí que reside o mistério. Madame, de minha parte, não tenho a necessidade de aceitar a perspectiva da polícia; com eles tudo se resolve no prisma "*Cherchez la femme*". No entanto, é evidente que algo aconteceu naquela noite e alterou os planos de seu marido. A senhora disse que ele perguntou por mensagens quando retornou ao hotel. Ele recebeu alguma?

– Apenas uma. Deve ter sido a que eu escrevi a ele no dia em que viajou.

Poirot permaneceu imerso em pensamentos por um minuto inteiro, então ergueu-se de repente.

– Bem, madame, a solução do mistério está em Paris. Só há um jeito de encontrá-la: ir a Paris neste exato instante.

– Já faz muito tempo, monsieur.

– Sim. Mas é lá que devemos procurar.

Ele virou-se para deixar a sala, mas parou com a mão na porta.

– Diga-me, madame, não lembra ter escutado seu marido mencionar a expressão "Os Quatro Grandes"?

– Os Quatro Grandes – repetiu ela, pensativa. – Não... não lembro não.

Capítulo 6

A dama na escadaria

Nada mais pôde ser extraído da sra. Halliday. Retornamos sem demora a Londres e, no dia seguinte, nos vimos a caminho do continente. Com um sorriso um tanto sentido, Poirot observou:

– Com esses Quatro Grandes, não consigo ficar parado, *mon ami*. Corro para cima e para baixo, por todos os terrenos, como nosso velho amigo, "o sabujo humano".

– Talvez você o encontre em Paris – disse eu, sabendo que ele se referia a um certo Giraud, um dos detetives mais conceituados da Sûreté, que Poirot conhecera numa ocasião anterior.

Poirot fez uma careta.

– Tomara que não. Ele não gosta de mim, esse camarada.

– Não será uma tarefa muito difícil? – indaguei. – Descobrir o que um inglês desconhecido fez numa noite dois meses atrás?

– Para lá de difícil, *mon ami*. Mas como você bem sabe, as dificuldades deleitam o coração de Hercule Poirot.

– Pensa que os Quatro Grandes o sequestraram?

Poirot assentiu com a cabeça.

Nossas investigações acabaram retornando ao terreno percorrido e descobrimos pouca coisa a acrescentar àquilo que a sra. Halliday já nos contara. Poirot teve uma demorada entrevista com o professor Bourgoneau, durante a qual ele procurou esclarecer se Halliday havia mencionado qualquer plano pessoal para aquela noite, mas o resultado foi uma lacuna completa.

Nossa próxima fonte de informações era a famosa madame Olivier. Eu estava muito animado enquanto subíamos os degraus de sua casa de campo em Passy. Sempre achei extraordinário que uma mulher tivesse ido tão longe no mundo científico. Antes eu pensava que esse tipo de atividade exigia um cérebro puramente masculino.

A porta foi aberta por um rapaz de seus dezessete anos, que me lembrou vagamente um coroinha, tão de acordo com os ritos eram suas maneiras. Poirot havia tomado a precaução de agendar com antecedência a nossa entrevista, pois sabia que madame Olivier, mergulhada em pesquisas a maior parte do dia, nunca recebia ninguém sem hora marcada.

Fomos conduzidos a uma sala de visitas e em seguida a dona da casa uniu-se a nós. Madame Olivier era muito alta; seu tamanho era acentuado pelo comprido avental branco que trajava e pela touca, parecida com a de uma freira, que cobria a sua cabeça. No rosto esguio e pálido, maravilhosos olhos negros reluziam um brilho quase fanático. Parecia mais uma antiga sacerdotisa do que uma francesa moderna. Uma das faces era desfigurada por uma cicatriz. Então lembrei que, há uns três anos, o marido dela, também cientista, morrera numa explosão no laboratório. No mesmo acidente, ela sofrera queimaduras horríveis. Desde então, havia se afastado do mundo e se lançado com energia ardente no trabalho da pesquisa científica. Recebeu-nos com frieza polida.

– Os policiais me interrogaram muitas vezes, messieurs. Acho que não vou ser capaz de ajudar aos senhores, pois não fui capaz de ajudar a eles.

– Madame, talvez eu não faça exatamente as mesmas perguntas. Para começar, sobre o que a senhora e o sr. Halliday conversaram?

Ela pareceu um pouco surpresa.

– Sobre o trabalho dele!... E também sobre o meu.

– Ele mencionou as teorias que havia coligido recentemente num artigo lido perante a Associação Britânica?

– É lógico que sim. Foi esse o assunto principal de nossa conversa.

– Ideias um tanto fantásticas, não? – indagou Poirot despreocupadamente.

– Algumas pessoas pensam assim. Eu não concordo.

– A senhora as considera viáveis?

– Perfeitamente viáveis. Minha própria linha de pesquisa tem sido um pouco semelhante, embora não desenvolvida com o mesmo objetivo. Tenho investigado os raios gama emitidos pela substância conhecida comumente como rádio C, produto da emanação do rádio. Fazendo isso me deparei com certos fenômenos magnéticos muito interessantes. De fato, desenvolvi uma teoria sobre a verdadeira natureza da força que chamamos de magnetismo. Mas ainda não chegou a hora de o mundo conhecer minhas descobertas. Eu tinha muito interesse nos experimentos e pontos de vista do sr. Halliday.

Poirot concordou com um movimento de cabeça. Então fez uma pergunta que me surpreendeu.

– Madame, onde vocês conversaram sobre esses assuntos? Aqui?

– Não, monsieur. No laboratório.

– Posso vê-lo?

– Claro.

Ela nos conduziu rumo à porta por onde entrara. Abria-se num pequeno corredor. Passamos duas portas e penetramos no grande laboratório, com seu esquadrão de provetas e cadinhos e uma centena de outros utensílios que eu sequer sabia o nome. Dois pesquisadores trabalhavam em algum experimento. Madame Olivier nos apresentou a eles.

– Mademoiselle Claude, minha colaboradora. – Uma jovem alta de rosto sisudo nos cumprimentou com a cabeça. – Monsieur Henri, um velho e leal amigo. – Um moço baixote e moreno fez uma reverência abrupta.

Poirot olhou ao redor. Havia duas portas além daquela por onde entráramos. Uma delas, explicou a dona da casa, dava para o jardim; a outra, para um aposento menor, também dedicado à pesquisa. Poirot prestou atenção a tudo isso e então disse estar pronto para voltar à sala de visitas.

– Madame, a senhora estava a sós com o sr. Halliday durante o encontro?

– Sim, monsieur. Meus dois colaboradores estavam no gabinete menor ao lado.

– A conversa não poderia ter sido ouvida... por eles ou por alguém mais?

Madame Olivier meditou e então balançou a cabeça.

– Acho que não. Tenho quase certeza que não. As portas estavam todas fechadas.

– Alguém não poderia estar escondido no laboratório?

– Tem um grande armário no canto... mas a hipótese é absurda.

– *Pas tout à fait*, madame. Mais uma coisinha: por acaso o sr. Halliday fez alguma menção sobre os planos dele naquela noite?

– Não mencionou nada, monsieur.

– Obrigado, madame, e peço desculpas por perturbá-la. Não se incomode em nos acompanhar... sabemos o caminho.

Saímos para o hall. Naquele instante, uma senhora entrava pela porta da frente. Subiu rapidamente as escadas e me deixou uma impressão de luto profundo, símbolo das viúvas francesas.

– Raro tipo de mulher, esse – observou Poirot, enquanto nos afastávamos.

– Madame Olivier? Sim, ela...

– *Mais non*, não madame Olivier. *Cela va sans dire.* Não existem muitos gênios do calibre dela no mundo. Refiro-me à outra dama... a dama na escadaria.

– Não vi o rosto dela – comentei, encarando Poirot. – E não sei como você viu. Ela nem nos olhou.

– Por isso mesmo é um tipo raro – disse Poirot com placidez. – Uma dama que entra na casa dela (pois presumo que seja a casa dela, já que abriu a porta a chave) e sobe a escadaria correndo, sem nem ao menos olhar quem são os dois visitantes estranhos no hall, é um tipo *raríssimo* de mulher... bem artificial, na verdade. *Mille tonnerres!* O que é isso?

Ele me deteve... na hora H. Uma árvore caiu em cima da calçada, por pouco não nos atingindo. Poirot pousou o olhar nela, pálido e preocupado.

– Essa foi por um triz! Que coisa canhestra... nunca suspeitei... pelo menos quase nunca. Mas se não fosse meu reflexo de felino, Hercule Poirot estaria agora esmagado e eliminado... uma terrível calamidade para o mundo. E você, também, *mon ami*. Se bem que isso não seria nenhuma catástrofe nacional.

– Obrigado – comentei friamente. – E o que vamos fazer agora?

– Fazer? – gritou Poirot. – Vamos pensar. Sim, aqui e agora, vamos exercitar nossas pequenas células cinzentas. Por exemplo: esse sr. Halliday esteve mesmo em Paris? Sim, pois o professor Bourgoneau, que o conhece bem, encontrou-se e falou com ele.

– Aonde diabos quer chegar?

– Isso foi na manhã de sexta-feira. No mesmo dia ele foi visto às onze da noite pelo porteiro... mas será que *era* ele?

– O porteiro...

– O porteiro da noite... que nunca havia visto Halliday antes. Um homem entra, parecido o bastante com Halliday (por isso podemos crer que era o Número Quatro), pergunta por mensagens, sobe ao apartamento, arruma uma pequena valise e sai de fininho na manhã seguinte. Ninguém viu Halliday naquela noite... ninguém, pois ele já havia caído nas mãos de seus inimigos. Terá sido Halliday a pessoa recebida por madame Olivier? Sim, pois, embora ela não o conhecesse pessoalmente, um impostor dificilmente conseguiria enganá-la ao falar do assunto dominado por ela. Veio aqui, conversou e foi embora. O que aconteceu depois?

Segurando-me pelo braço, Poirot nitidamente me puxava de volta à casa de campo.

– Pois bem, *mon ami*, imagine que hoje é o dia seguinte após o desaparecimento e que estamos à procura de pegadas. Você adora pegadas, não é mesmo? Observe... aqui vão elas, o rastro de um homem, do sr. Halliday... Ele dobra à direita como nós fizemos, aperta o passo e... ah! Outras pegadas vêm atrás... velozes, pequenas, femininas. Veja, ela o alcança... uma jovem e esbelta mulher, usando um véu de viúva. "*Pardon, monsieur*, madame Olivier está lhe chamando outra vez." Ele para e dá meia-volta. Ela não quer ser vista caminhando com ele. Pois bem, aonde a jovem vai levá-lo? Será coincidência que ela o alcança bem onde se abre uma estreita passagem, dividindo dois jardins? Ela o conduz por essa alameda. "É mais perto por aqui, monsieur". À direita está o jardim da casa de campo de madame Olivier, à esquerda, o jardim de outra casa... e foi desse jardim, preste atenção, que a árvore quase caiu em cima de nós. As portas dos dois jardins abrem-se na alameda. Ali está a cilada. Homens saem, o dominam e o carregam para a casa desconhecida.

– Minha nossa, Poirot – exclamei –, está fingindo ver tudo isso?

– Vejo com os olhos da mente, *mon ami*. Assim, só assim, tudo pode ter acontecido. Venha, vamos retornar até a casa.

– Quer falar com madame Olivier outra vez?

Poirot deu um sorriso estranho.

– Não, Hastings. Quero ver o rosto da dama da escadaria.

– Pensa que ela tem parentesco com madame Olivier?

– Mais provavelmente uma secretária... contratada há pouco tempo.

O mesmo acólito gentil abriu-nos a porta.

– Você poderia me dizer – indagou Poirot – o nome da senhora, a viúva, que acabou de entrar?

– Sra. Veroneau? A secretária da madame?

– Ela mesma. Poderia fazer a gentileza de chamá-la? Gostaríamos de ter uma palavrinha com ela.

O garoto desapareceu. Logo depois, ressurgiu.

– Sinto muito. Sra. Veroneau deve ter saído de novo.

– Não creio – disse Poirot calmamente. – Poderia dar a ela meu nome, monsieur Hercule Poirot. Diga que é importante eu vê-la agora, pois estou indo nesse instante à chefatura de polícia.

De novo nosso mensageiro retirou-se. Dessa vez a dama desceu. Passou rumo à sala de visitas. Seguimos os passos dela. Ela se virou e ergueu o véu. Para minha surpresa, reconheci nossa velha antagonista, a condessa Rossakoff, uma condessa russa que tramara um roubo de joias especialmente engenhoso em Londres.

– Na hora em que vislumbrei o senhor no hall, temi pelo pior – ela observou, melancólica.

– Minha querida condessa Rossakoff...

Ela balançou a cabeça.

– Inez Veroneau – murmurou ela. – Espanhola, casada com um francês. O que o senhor quer comigo, monsieur Poirot? O senhor é terrível. Foi atrás de mim e me obrigou a fugir de Londres. Agora, suponho, vai me delatar para a nossa maravilhosa madame Olivier e me obrigar a fugir de Paris? Nós, russos, precisamos ganhar a vida, sabe.

– É mais sério do que isso, madame – disse Poirot, sem tirar os olhos dela. – Proponho entrarmos na casa ao lado e libertar o sr. Halliday, se ele ainda estiver vivo. Sei de tudo.

Ela empalideceu de repente e mordeu o lábio. Então falou decidida como sempre.

– Ele continua vivo... mas não está na casa. Vamos, monsieur, proponho uma transação. A minha liberdade... em troca do sr. Halliday são e salvo.

– Negócio fechado – disse Poirot. – Eu estava prestes a fazer essa mesma proposta. A propósito, trabalha para os Quatro Grandes, madame?

De novo notei uma palidez mortal fustigar seu rosto, mas ela deixou a pergunta sem resposta. Em vez disso, pediu:

– Posso fazer um telefonema? – E, atravessando a sala, discou um número. – É o número da casa – explicou ela – onde nosso amigo está preso. Pode dar o número à polícia... o ninho vai estar vazio quando eles chegarem. Ah! Estou cansada disso. É você, André? Sou eu, Inez. O baixinho belga sabe de tudo. Mande Halliday para o hotel e limpe todo o local.

Colocou o fone no gancho e veio em nossa direção, sorrindo.

– Irá junto conosco ao hotel, madame.

– Claro. Esperava por isso.

Chamei um táxi e partimos juntos. Pude notar pela expressão de Poirot que ele estava aturdido. Parecia tudo muito fácil para ser verdade. Chegamos ao hotel. O porteiro veio ter conosco.

– Um cavalheiro chegou. Está no seu quarto. Parece muito doente. Uma enfermeira veio junto com ele, mas já foi embora.

– Está tudo bem – disse Poirot –, é um amigo meu.

Subimos juntos ao quarto. Sentado na cadeira perto da janela, um jovem de rosto desfigurado e olheiras fundas parecia à beira da exaustão. Poirot aproximou-se dele.

– O senhor é John Halliday? – O homem balançou a cabeça afirmativamente. – Mostre-me o braço esquerdo. John Halliday tem uma pinta escura pouco abaixo do cotovelo esquerdo.

O homem esticou o braço. Ali estava a pinta. Poirot fez uma mesura à condessa. Ela deu meia-volta e saiu do recinto.

Um cálice de conhaque reavivou Halliday um pouco.

– Meu Deus! – murmurou ele. – Que inferno eu passei... paguei meus pecados... esses malvados são encarnações satânicas. Minha esposa, onde está ela? Fiquei sabendo que ela acreditou que... acreditou que...

– Não acreditou – afirmou Poirot. – Nunca deixou de confiar no senhor. Está lhe esperando... ela e a criança.

– Graças a Deus. Mal posso acreditar que estou livre outra vez.

– Agora que está um pouco melhor, monsieur, eu gostaria de ouvir a história completa desde o começo.

Halliday olhou para ele com uma expressão indescritível.

– Não lembro... não lembro de nada – disse.

– Como?

– Já ouviu falar dos Quatro Grandes?

– Alguma coisa – respondeu Poirot secamente.

– O senhor não sabe o que eu sei. Eles têm poderes ilimitados. Se eu permanecer calado, estarei seguro... se eu disser uma palavra... não apenas eu, mas minha família sofrerá coisas terríveis. Não vale a pena discutir comigo. *Eu sei...* Não lembro... de nada.

E, erguendo-se, saiu do quarto.

O rosto de Poirot assumiu uma expressão desconcertada.

– É assim, então? – resmungou ele. – Os Quatro Grandes vencem outra vez. O que é que você está segurando, Hastings?

Entreguei-lhe.

– A condessa rabiscou antes de sair – expliquei.

Poirot leu:

– "*Au revoir.* I.V." Assinado com as iniciais de Inez Veroneau. Só uma coincidência, talvez, significarem também *Quatro* em números romanos. Isso me faz pensar, Hastings, isso me faz pensar.

Capítulo 7

Os ladrões de rádio

Na noite após a sua libertação, Halliday dormiu no hotel, no quarto próximo ao nosso. Durante a noite toda, escutei-o gemendo e falando em meio ao sono. Sem dúvida a experiência dele na casa de campo havia desestabilizado seus nervos; na manhã seguinte, fomos incapazes de extrair quaisquer informações dele. Limitava-se a repetir afirmações sobre o imenso poder à disposição dos Quatro Grandes e sobre a certeza da vingança que se seguiria caso ele falasse.

Após o almoço, ele partiu para reencontrar-se com a esposa na Inglaterra, mas Poirot e eu permanecemos em Paris. Eu estava convicto de que devíamos tomar providências enérgicas, seja lá quais fossem. A placidez de Poirot me incomodava.

– Pelo amor de Deus, Poirot – incitei. – Vamos atrás deles.

– Admirável, *mon ami*, admirável! Ir aonde e atrás de quem? Seja mais preciso, por favor.

– Atrás dos Quatro Grandes, é claro.

– *Cela va sans dire*. Mas por onde vamos começar?

– Pela polícia – arrisquei, hesitante.

Poirot sorriu.

– Eles nos acusariam de estarmos fantasiando. Não temos nada concreto... nada em absoluto. Precisamos esperar.

– Esperar o quê?

– Esperar a próxima jogada deles. Veja bem, na Inglaterra todos entendem e adoram *la boxe*. Se um lutador não toma iniciativa, o outro deve fazê-lo. Ao permitir ao adversário atacar, aprende-se algo sobre ele. Esse é nosso papel: deixar o oponente atacar.

– Pensa que eles vão atacar? – eu disse sem me convencer.

– Não tenho dúvida alguma. Ora, em primeiro lugar, eles tentaram afastar-me de Londres. Esse plano falhou. Então, no caso de Dartmoor, entramos em cena e salvamos a vítima do patíbulo. E ontem, de novo, interferimos nos planos deles. Com certeza, não vão deixar por isso mesmo.

Enquanto eu meditava sobre isso, escutou-se uma batida na porta. Sem esperar por uma resposta, um homem entrou no quarto e fechou a porta atrás dele. Era um homem alto e magro, com nariz levemente aduncto e tez amarelada. Vestia um casaco abotoado até o queixo; a aba de um chapéu de feltro macio caía sobre os olhos.

– Queiram me desculpar, cavalheiros, por minha entrada um pouco descortês – falou ele com voz pausada –, mas meu assunto é de natureza bem heterodoxa.

Sorrindo, caminhou em direção à mesa e sentou-se perto dela. Eu estava prestes a me erguer num salto, mas Poirot refreou-me com um gesto.

– Como o senhor diz, monsieur, sua entrada é um pouco descortês. Quer fazer a bondade de esclarecer a que veio?

– Meu bom sr. Poirot, é muito simples. O senhor tem incomodado meus amigos.

– De que maneira?

– Vamos, vamos, sr. Poirot. Não se faça de desentendido. Sabe tão bem quanto eu.

– Depende, monsieur, de que amigos o senhor está falando.

Sem uma palavra, o homem sacou do bolso uma cigarreira. Abriu-a, tirou quatro cigarros e jogou-os em cima da mesa. Então os apanhou e os colocou de volta no estojo, que guardou no bolso.

— Arrá! — disse Poirot. — Então é assim? E qual a sugestão de seus amigos?

— A sugestão deles, monsieur, é empregar seus talentos (talentos muito consideráveis) na detecção de crimes legítimos... é retornar às velhas distrações e resolver os problemas das damas da sociedade britânica.

— Programinha pacato — disse Poirot. — E supondo que eu não concorde?

O homem fez um gesto eloquente.

— Nesse caso, é claro, lastimaríamos muito — disse ele. — Assim como os amigos e admiradores do grandioso sr. Hercule Poirot. Mas lástimas, por mais comoventes que sejam, não ressuscitam ninguém.

— Quanta polidez — disse Poirot, assentindo com a cabeça. — E na hipótese de que eu aceite?

— Nesse caso estou autorizado a lhe oferecer... uma compensação.

Puxou a carteira e jogou dez notas sobre a mesa. Cada uma de dez mil francos.

— Isso é apenas uma garantia de nossas boas intenções — disse ele. — Só dez por cento do que vamos lhe pagar.

— Meu bom Deus — gritei, pondo-me em pé num salto —, vocês ousam insinuar que...

— Sente-se, Hastings — falou Poirot em tom autoritário. — Controle sua índole bela e honesta e sente-se. Ao monsieur digo o seguinte. O que me impede de chamar a polícia para vir lhe prender, enquanto meu amigo evita a sua fuga?

— Faça isso se achar recomendável — disse nosso visitante calmamente.

— Ah! Olhe aqui, Poirot — gritei. — Não aguento mais essa lenga-lenga. Ligue para a polícia e vamos acabar logo com isso.

Erguendo-me com rapidez, caminhei, resoluto, até a porta e fiquei com minhas costas contra ela.

– Parece o caminho óbvio – murmurou Poirot, como se estivesse discutindo consigo mesmo.

– Mas o senhor desconfia do óbvio, não? – falou nosso visitante, sorrindo.

– Vamos, Poirot – instiguei.

– Será sua responsabilidade, *mon ami*.

Enquanto ele tirava o fone do gancho, de repente o homem deu um salto felino em minha direção. Eu estava preparado. Um segundo depois estávamos engalfinhados, rolando no meio da sala. Então senti o corpo dele escorregar e amolecer. Aproveitei a vantagem. Ele estrebuchou na minha frente. Em seguida, no exato instante da vitória, uma coisa extraordinária aconteceu. Senti meu corpo voando para trás. Dei de cabeça na parede e caí como se fosse um amontoado confuso. Na mesma hora, levantei, mas a porta fechava-se atrás do meu ex-adversário. Corri para a porta e tentei abrir, estava chaveada do lado de fora. Apanhei o telefone da mão de Poirot.

– É da portaria? Parem um homem que está saindo. Alto, de casaco abotoado até em cima e chapéu macio. É um foragido da justiça.

Poucos minutos depois, escutamos um ruído no corredor. A chave foi girada, e a porta, aberta. O gerente em pessoa estava no limiar da porta.

– Conseguiram pegar o homem? – gritei.

– Não, monsieur. Ninguém desceu.

– Vocês devem ter passado por ele.

– Não passamos por ninguém, monsieur. É incrível que ele possa ter escapado.

– Deixaram alguém passar, acho – afirmou Poirot, em sua voz gentil. – Algum dos empregados do hotel, talvez?

– Só um garçom carregando uma bandeja, monsieur.

– Ah! – disse Poirot, num tom que disse tudo.

Quando enfim os agitados funcionários do hotel se retiraram, Poirot comentou de si para si:

– Então é por isso que ele usava o casaco abotoado até o queixo.

– Sinto muito mesmo, Poirot – murmurei, bastante abatido. – Achava que conseguiria dominá-lo sem problemas.

– Sim, aquele foi um golpe japonês, imagino. Não se amofine, *mon ami*. Tudo transcorreu conforme o plano... o plano dele. Isso é o que eu queria.

– O que é isso? – perguntei, apanhando um objeto marrom caído no chão.

Era uma carteira fininha de couro marrom que obviamente caíra do bolso de nosso visitante durante a luta. Continha dois recibos em nome do sr. Felix Laon e um papel dobrado que fez meu coração acelerar. Meia página de caderno com poucas palavras rabiscadas a lápis, mas palavras de extrema importância.

– O próximo encontro do conselho será às onze da manhã de sexta-feira na Rue des Echelles, 34.

A assinatura era um grande número 4.

E hoje era sexta-feira, e o relógio na cornija da lareira marcava dez e meia.

– Meu Deus, que oportunidade! – exclamei. – O destino está em nossas mãos. Mas precisamos nos apressar. Que sorte tremenda.

– Então foi por isso que ele veio – murmurou Poirot. – Agora percebo tudo.

– Percebe o quê? Vamos, Poirot, não fique aí em devaneios.

Poirot olhou para mim e balançou a cabeça devagar, sorrindo.

– "'Quer entrar na minha sala?' – disse a aranha para a mosca." Não é assim que diz a canção infantil?

Não, não... eles podem ser engenhosos... mas não tão engenhosos quanto Hercule Poirot.

– Do que diabos está falando, Poirot?

– Meu amigo, estive me perguntando o motivo da visita dessa manhã. Será que nosso amigo realmente tinha esperança em conseguir me subornar? Ou, por outro lado, em me assustar e me convencer a abandonar o caso? Parece difícil de acreditar. Então, por que ele veio? Agora eu vejo o plano inteiro... tudo certinho... tudo perfeito... o pretenso motivo de me subornar ou me assustar... a luta necessária que ele não fez questão de evitar, na qual ele poderia deixar cair a carteira de modo natural e cabível... e finalmente... a armadilha! Rue des Echelles, onze da manhã? Acho que não, *mon ami*! Não enganam Hercule Poirot assim tão facilmente.

– Minha nossa – falei, ofegante.

Poirot murmurava consigo, o cenho franzido.

– Tem outra coisa que eu não entendo.

– O quê?

– A hora, Hastings... a hora. Se quisessem me atrair com um engodo, não seria melhor à noite? Por que tão cedo? Será que algo está prestes a acontecer hoje de manhã? Algo que eles não querem que Hercule Poirot fique sabendo?

Ele balançou a cabeça.

– Vamos ver. Vou esperar sentado, *mon ami*. Não vamos mexer uma palha esta manhã. Vamos esperar os acontecimentos aqui.

Às onze e meia em ponto, veio a intimação. Um *petit bleu*. Poirot abriu e então me mostrou. Era de madame Olivier, a cientista mundialmente famosa, a quem visitáramos no dia anterior para tratar do caso Halliday. Solicitava nossa presença imediata em Passy.

Obedecemos à solicitação sem um minuto de demora. Madame Olivier nos recebeu na mesma sala de visitas.

Fiquei outra vez impressionado com o poder maravilhoso daquela mulher, o rosto esguio de freira, os olhos ardentes – essa brilhante sucessora de Becquerel e dos Curie. Ela foi direto ao ponto.

– Messieurs, ontem os senhores me perguntaram sobre o desaparecimento do sr. Halliday. Fiquei sabendo que os senhores vieram aqui uma segunda vez e pediram para falar com minha secretária, Inez Veroneau. Ela saiu de casa com os senhores e até agora não retornou.

– É só isso, madame?

– Não, monsieur, não é. Ontem à noite, o laboratório foi arrombado. Vários documentos e memorandos valiosos foram roubados. Os ladrões tentaram levar algo ainda mais precioso, mas felizmente não conseguiram abrir o cofre grande.

– Madame, os fatos do caso são estes. Sua nova secretária, sra. Veroneau, é na verdade a condessa Rossakoff, ladra experiente. Foi ela a responsável pelo sumiço do sr. Halliday. Há quanto tempo ela foi contratada?

– Cinco meses, monsieur. O que o senhor diz me deixa espantada.

– No entanto, é verdade. Esses papéis de que a senhora fala, eram fáceis de encontrar? Ou a senhora imagina que os ladrões tinham acesso a informação privilegiada?

– É muito curioso... os ladrões sabiam exatamente onde procurar. O senhor pensa que Inez...

– Sim, não tenho dúvida de que eles agiram com base nas informações dela. Mas que coisa preciosa é essa que os ladrões não conseguiram achar? Joias?

Madame Olivier balançou a cabeça com um sorriso suave.

– Algo mais precioso do que isso, monsieur. – Ela olhou ao redor, então se inclinou à frente, baixando a voz. – Rádio, monsieur.

– Rádio?

– Sim, monsieur. Agora estou chegando ao ápice de meus experimentos. Tenho uma pequena porção de rádio comigo... e outra quantidade me foi concedida para o projeto em que estou trabalhando. Embora o volume total seja pequeno, equivale a uma boa porcentagem do estoque mundial e representa um valor de milhões de francos.

– E onde está?

– Num estojo de chumbo, dentro do cofre grande. Não é sem motivo que o cofre tem a aparência de uma coisa velha e gasta, mas, na verdade, é um triunfo da arte da fabricação de cofres. Por isso os ladrões não conseguiram abri-lo.

– Por quanto tempo a senhora ainda vai manter esse rádio em seu poder?

– Só mais dois dias, monsieur. Então vou concluir meus experimentos.

Os olhos de Poirot brilharam.

– E Inez Veroneau sabe disso? Bom... então nossos amigos vão retornar. Não comente sobre mim com ninguém, madame. Mas fique certa, vou guardar o rádio para a senhora. A senhora tem a chave da porta do laboratório que dá para o jardim?

– Sim, monsieur. Aqui está. Tenho uma cópia. E aqui está a chave da porta do jardim para a alameda entre esta casa e a casa vizinha.

– Obrigado, madame. Hoje à noite, vá dormir como de costume, mas não se preocupe, deixe que eu me encarrego de tudo. Apenas não comente nada com ninguém... nem mesmo com seus dois assistentes... mademoiselle Claude e monsieur Henri, não é? Principalmente com eles.

Poirot deixou a casa de campo esfregando as mãos com grande contentamento.

– O que vamos fazer agora? – indaguei.

– Agora, Hastings, vamos embora de Paris... rumo à Inglaterra.

– O quê?

– Vamos fazer as malas, almoçar e pegar um táxi para a Gare du Nord.

– Mas e o rádio?

– Eu disse que nós estamos indo para a Inglaterra... não disse que vamos chegar lá. Raciocine um pouco, Hastings. É quase certo que estamos sendo observados e seguidos. Nossos inimigos precisam acreditar que estamos voltando para a Inglaterra. Não vão acreditar nisso a menos que nos vejam a bordo do trem em movimento.

– Quer dizer que vamos pular de novo na última hora?

– Não, Hastings. Só uma partida *bona fide* será capaz de satisfazer nossos inimigos.

– Mas o trem não para até Calais!

– Vai parar se for pago para isso.

– Ah, deixa disso, Poirot... certamente ninguém pode pagar um trem para ele parar... eles se recusariam.

– Meu caro amigo, nunca prestou atenção na pequena alça (o *signal d'arrêt*), cuja multa por uso impróprio é de 100 francos, se não me engano?

– Ah! Vai puxar aquilo?

– Ou senão um grande amigo, Pierre Combeau, o fará por mim. Então, enquanto ele estiver discutindo com o guarda, no meio do alvoroço, saímos de fininho do trem.

Seguimos o plano de Poirot à risca. Pierre Combeau, velho camarada de Poirot, que evidentemente conhecia muito bem os métodos de meu amiguinho, encarregou-se de tomar as devidas providências. Mal o trem entrou nos subúrbios de Paris, ele puxou o cordão do freio de emergência. Enquanto Combeau fazia um "escândalo" bem à moda francesa, Poirot e eu descemos do trem sem ninguém se importar. Nosso primeiro procedimento foi realizar uma considerável mudança em nossa aparência.

Poirot trouxera os materiais para isso com ele num pequeno estojo. O resultado foi dois vagabundos em camisas azuis e sujas. Jantamos num obscuro albergue e partimos rumo a Paris logo depois.

Eram quase onze horas quando nos encontramos outra vez nas vizinhanças da casa de campo de madame Olivier. Olhamos acima e abaixo da estrada antes de entrarmos, sorrateiros, na alameda. O lugar parecia um completo deserto. De uma coisa podíamos ter certeza: ninguém nos seguira.

– Não acho que já estejam por aqui – sussurrou-me Poirot. – É possível que não venham até amanhã à noite, mas sabem perfeitamente que o rádio só vai ficar aqui mais duas noites.

Com muito cuidado, viramos a chave da porta do jardim. Ela se abriu silenciosamente, e penetramos no jardim.

E então, quando menos esperávamos, o ataque repentino. Num minuto fomos cercados, amordaçados e amarrados. No mínimo dez homens deviam estar nos esperando. Inútil resistir. Como dois fardos indefesos fomos içados e transportados. Para meu forte espanto, fomos levados *rumo* a casa, e não para longe dela. Com uma chave eles abriram a porta do laboratório e nos carregaram para dentro. Um dos homens inclinou-se à frente do cofre enorme e abriu a porta. Uma sensação desagradável percorreu minha espinha. Será que iam nos fechar no cofre e nos deixar asfixiando lentamente lá dentro?

Entretanto, para minha surpresa, percebi que no fundo do cofre degraus conduziam a um porão. Fomos levados escada abaixo por um caminho estreito até chegarmos a uma grande câmara subterrânea. Ali nos esperava uma senhora alta e imponente, o rosto coberto por veludo negro. Seus gestos de autoridade revelavam que ela comandava a situação. Os homens nos largaram no chão, e ficamos a sós com a misteriosa criatura mascarada. Eu não tinha dúvidas sobre quem ela devia ser. A francesa desconhecida... o Número Três dos Quatro Grandes.

Ela ajoelhou-se a nosso lado e removeu as mordaças, mas nos deixou amarrados. Então se ergueu e, virando o rosto em nossa direção, num gesto ligeiro e repentino, retirou a máscara.

Madame Olivier!

– Monsieur Poirot – disse em tom baixo de escárnio. – O grande, o maravilhoso, o incomparável monsieur Poirot! Ontem mandei um aviso. O senhor achou por bem desconsiderá-lo... pensou que era páreo para Nossa organização. Olha só no que deu.

Um calafrio percorreu minha espinha. A frieza maligna daquelas palavras destoava do fogo ardente daquele olhar. Ela estava insana, insana, com a insanidade dos gênios!

Poirot não disse nada. Boquiaberto, não tirava os olhos dela.

– Bem – disse ela, com voz suave –, esse é o fim. Não podemos deixar ninguém atrapalhar os nossos planos. Quer fazer um último pedido?

Nunca antes nem depois senti a morte tão perto. Poirot foi sublime. Não se intimidou nem tampouco empalideceu. Apenas a encarou com aguçado interesse.

– Sua psicologia me atrai imensamente, madame – disse com a voz tranquila. – É uma pena que eu tenha tão pouco tempo para dedicar a esse estudo. Sim, tenho um pedido a fazer. A um condenado não se nega o direito de fumar um último cigarro, acredito. A cigarreira está no meu bolso. Com sua permissão... – Baixou os olhos para as cordas que o prendiam.

– Ah, sim! – riu-se ela. – Quer que eu desamarre suas mãos, não quer? Muito inteligente, monsieur Hercule

Poirot. Não vou desamarrá-lo... mas vou pegar um cigarro para você.

Ajoelhou-se ao lado de Poirot, sacou a cigarreira, pegou um cigarro e colocou-o entre os lábios do prisioneiro.

– E agora um fósforo – disse ao levantar-se.

– Não é necessário, madame.

Algo na voz dele me deixou perplexo. Ela também ficou hipnotizada.

– Não se mova, eu lhe peço, madame. A senhora vai se arrepender. Por acaso já ouviu falar nas propriedades do curare? Os índios da América do Sul o usam para envenenar a ponta das flechas. Um arranhão é morte certa. Certas tribos usam uma pequena zarabatana... eu também tenho uma pequena zarabatana, camuflada na forma exata de um cigarro. A única coisa que preciso fazer é soprar... Ah! Não tente nada. Não se mova, madame. O mecanismo deste cigarro é o mais engenhoso. Um mero sopro... e um dardo minúsculo em formato de espinha de peixe cruza o ar... até encontrar o alvo. Não quer morrer, madame. Portanto, suplico: solte as cordas de meu amigo Hastings. Não posso usar as mãos, mas posso mover a cabeça... então... está na minha mira, madame. Não cometa um deslize, eu suplico.

Devagar, com as mãos trêmulas, a fúria e o rancor crispando as feições, abaixou-se e obedeceu. Eu estava livre. A voz de Poirot seguiu dando instruções.

– Agora amarre a madame, Hastings. Isto mesmo. Está bem presa? Então me solte, por favor. Ainda bem que ela mandou embora os capangas. Com um pouco de sorte, o caminho da saída vai estar desobstruído.

No minuto seguinte, Poirot estava em pé a meu lado. Fez uma reverência à senhora.

– Ninguém mata Hercule Poirot assim tão facilmente, madame. Boa noite.

A mordaça a impediu de responder, mas o fulgor assassino de seu olhar me assustou. Desejei do fundo do coração nunca mais cairmos nas mãos dela outra vez.

Três minutos depois estávamos fora da casa de campo, atravessando o jardim a passos acelerados. A estrada lá fora estava deserta, e logo saímos do bairro.

Então, Poirot soltou a língua.

– Mereço tudo que essa mulher me disse. Sou um idiota triplo, um animal miserável, 36 vezes imbecil. Eu me vangloriava por não ter caído na cilada. E na verdade nem era para ser uma cilada, a não ser pelo modo exato em que acabei caindo nela. Não apenas sabiam como apostaram que eu perceberia a armadilha... Isso explica tudo... por isso todos se renderam com tanta facilidade. Halliday... tudo. Madame Olivier era o espírito líder; Vera Rossakoff a tenente. A madame precisava das ideias de Halliday... com sua genialidade preencheria as lacunas que o confundiam. Sim, Hastings, agora sabemos quem é o Número Três: talvez a maior cientista do mundo! Pense nisso. O cérebro do Oriente, a ciência do Ocidente... e outros dois cujas identidades ainda não sabemos. Mas precisamos descobrir. Amanhã voltamos a Londres e colocamos a mão na massa.

– Não vai denunciar madame Olivier para a polícia?

– Ninguém acreditaria em mim. A mulher é um dos ícones da França. Além do mais, não podemos provar nada. Temos sorte se *ela* não nos denunciar.

– Como?

– Pense bem. Somos encontrados à noite na propriedade dela com chaves em nosso poder que ela juraria não ter nos fornecido. Ela nos surpreende no cofre. Então a amordaçamos, amarramos e depois fugimos. Não se iluda, Hastings. O feitiço pode virar contra o feiticeiro... não é esse o ditado?

Capítulo 8

No covil do inimigo

Depois de nossa aventura na casa de campo em Passy, retornamos com grande açodamento a Londres. Várias cartas esperavam por Poirot. Leu uma delas com um sorriso curioso e então a entregou para mim.

– Leia isto, *mon ami*.

Li primeiro a assinatura, "Abe Ryland", e lembrei das palavras de Poirot: "o homem mais rico do mundo". A carta do sr. Ryland era curta e incisiva. Expressava profunda insatisfação com a desculpa que Poirot dera para desistir na última hora da proposta sul-americana.

– Isso nos faz matutar bastante, não acha? – disse Poirot.

– Acho que é natural ele estar um tanto incomodado.

– Não, não, você não entende. Lembre-se das palavras de Mayerling, o homem que se refugiou aqui... só para acabar morrendo nas mãos dos inimigos dele. "Número Dois é representado por um 'S' com dois traços verticais, o sinal de um dólar, e também por duas listras e uma estrela. Portanto, pode-se deduzir que ele é um indivíduo norte-americano e que representa o poder econômico." Acrescente a essas palavras o fato de que Ryland me ofereceu uma imensa quantia para me fazer cair em tentação e sair de Londres... o que você acha, Hastings?

– Se eu entendi – disse eu, mirando Poirot –, você suspeita que Abe Ryland, o multimilionário, seja o Número Dois dos Quatro Grandes?

– Seu intelecto brilhante captou a ideia, Hastings. Sim, suspeito. O tom em que você falou multimilionário foi eloquente, mas deixe-me enfatizar um fato: essa coisa é comandada por homens do alto escalão, e o sr. Ryland tem fama de não ser flor que se cheire quando o assunto é negócio. É um líder habilidoso e inescrupuloso; um empresário com toda a riqueza ao seu dispor e em busca de poder ilimitado.

Sem dúvida, o ponto de vista de Poirot tinha certa lógica. Perguntei-lhe quando ele se convencera sobre o assunto.

– Mas é justamente isso. Não tenho certeza de nada. Não há como ter certeza. *Mon ami*, faria qualquer coisa para *saber*. Mas neste meio-tempo deixe-me colocar Abe Ryland como nosso definitivo Número Dois. Assim, nos aproximamos de nosso objetivo.

– Ele chegou há pouco em Londres, vejo por isso – disse eu, dando um peteleco na carta. – Por que não o chama e lhe apresenta as desculpas em pessoa?

– Talvez faça isso.

Dois dias depois, Poirot voltou a nossos aposentos em estado de agitação infinita. Não era comum vê-lo daquele jeito tão impulsivo. Agarrou-me pelas duas mãos.

– Meu amigo, surgiu uma tremenda oportunidade! Algo sem precedentes, que nunca vai se repetir! Mas há perigo, perigo real. Não deveria nem pedir a você.

Se Poirot tentava me assustar, seguia o caminho errado. Deixei isso bem claro. Tornando-se menos incoerente, ele revelou seu plano.

Parecia que Ryland procurava um secretário britânico, com boa presença e bem articulado. Poirot sugeria que eu me candidatasse ao cargo.

– Eu mesmo o faria, *mon ami* – explicou, desculpando-se. – Mas, sabe, para mim é quase impossível me disfarçar de modo eficiente. Falo inglês muito bem (exceto quando estou empolgado), mas é difícil esconder o sotaque. Além do mais, ainda que sacrificasse meu bigode, duvido que mesmo sem ele eu não seria reconhecido como Hercule Poirot.

Duvidei também e me declarei pronto e desejoso de assumir o papel e penetrar nos domínios de Ryland.

– Aposto que ele não vai me contratar mesmo – observei.

– Ah, vai sim. Com a carta de recomendação que vou providenciar, ele vai ficar lambendo os beiços: assinada pelo ministro do Interior em pessoa.

Pareceu-me um certo exagero, mas Poirot não aceitou minhas objeções.

– Ah, vai sim. A pedido dele, uma vez investiguei um probleminha que poderia ter causado um grave escândalo. Tudo foi solucionado com classe e discrição. Agora, como se diz, ele está comendo na minha mão.

Nosso primeiro passo foi contratar os serviços de um artista do "disfarce". Era um homenzinho de esquisita conformação craniana, lembrando a de um pássaro, não muito diferente da de Poirot. Sem falar nada, avaliou-me da cabeça aos pés e então colocou mãos à obra. Quando me olhei no espelho meia hora depois, fiquei espantado. Sapatos especiais me deixaram cinco centímetros mais alto. O casaco caiu bem; deu-me uma aparência longilínea, esguia e esbelta. Sobrancelhas habilmente modificadas e almofadas internas nas bochechas deram a meu rosto uma expressão totalmente distinta, sem falar no bronzeado de meu rosto, que virou coisa do passado. Meu bigode desapareceu, e um dente de ouro brilhava em meu sorriso.

– Seu nome – disse Poirot – é Arthur Neville. Que Deus o proteja, meu caro... pois temo que você se aventure em lugares arriscados.

Com o coração palpitante apresentei-me no Savoy, na hora determinada pelo sr. Ryland, e pedi para falar com o grande homem.

Depois de aguardar um tempo, fui acompanhado até uma suíte de um andar superior.

Ryland estava sentado à mesa. Aberta em sua frente estava uma carta que, pelo que consegui ver de soslaio, foi escrita com a caligrafia do ministro do Interior. Era a primeira vez em que eu me encontrava com o milionário americano, e não pude evitar: fiquei impressionado. Alto, magro, queixo proeminente e nariz levemente adunco. Encobertos por espessas sobrancelhas, os olhos faiscavam, frios e cinzentos. Tinha uma vasta cabeleira grisalha. Um charuto comprido e escuro (sem o qual, fiquei sabendo mais tarde, ele nunca era visto) projetava-se licenciosamente no canto da boca.

– Sente aí – resmungou.

Obedeci. Ele deu um piparote na carta em sua frente.

– A julgar por isto aqui, você tem todos os requisitos. Não preciso procurar mais. Mas me diga, é bom em assuntos sociais?

Disse que eu pensava ser capaz de desempenhar-me bem a esse respeito.

– Quero dizer, se eu recebesse um monte de duques, condes e viscondes e coisas do gênero em minha nova residência no interior, seria capaz de classificá-los de modo correto e distribuí-los na mesa de jantar?

– Ah! Com facilidade – respondi, sorrindo.

Trocamos outras informações preliminares e então me vi contratado. O sr. Ryland queria um secretário bem articulado com a sociedade britânica, pois já tinha um secretário norte-americano e uma estenógrafa.

Dois dias mais tarde, rumei ao sul até Hatton Chase, a mansão do duque de Loamshire, alugada por seis meses pelo milionário americano.

Meus compromissos não me impuseram dificuldades. Em certa ocasião de minha vida, eu havia sido secretário particular de um dinâmico membro do parlamento, de modo que não estava assumindo um cargo desconhecido. Com frequência, o sr. Ryland reunia bastante gente aos fins de semana, mas o meio da semana era relativamente tranquilo. Eu quase não enxergava o secretário americano, sr. Appleby; parecia-me um jovem americano normal, agradável e bem competente. Já a srta. Martin, a estenógrafa, eu via bem mais. Uma ruiva linda, de 23, 24 anos, olhos castanhos por vezes travessos, em geral sérios e mirando o chão. Tive a impressão de que ela não gostava nem confiava no patrão, embora, é claro, ela fosse cuidadosa e nunca deixasse transparecer coisa parecida. Mas, quando eu menos esperava, ela se abriu comigo.

É lógico, eu tinha escrutinado minuciosamente todos os membros da casa. Um par de empregados havia sido contratado há pouco, um lacaio e uma arrumadeira, se não me engano. O mordomo, a governanta e o cozinheiro pertenciam ao *staff* do duque e haviam concordado em permanecer na casa. Descartei as insignificantes arrumadeiras e investiguei James, o segundo lacaio, com bastante cuidado, mas ficou evidente que ele era um sublacaio e apenas um sublacaio. Na verdade, ele havia sido contratado pelo mordomo. Quem mais me inspirou desconfianças foi Deaves, o pajem de Ryland, trazido de Nova York. Apesar de ser inglês de nascimento e ter modos irrepreensíveis, despertou-me obscuras suspeitas.

Eu estava em Hatton Chase há três semanas, e não acontecera um incidente sequer para apoiar nossa teoria. Não havia vestígio algum das atividades dos Quatro Grandes. O sr. Ryland era um homem de força e personalidade dominantes, mas eu começava a crer que Poirot cometera um engano ao associá-lo àquela terrível organização. Numa noite, na hora do jantar, inclusive mencionou Poirot.

– Homenzinho estupendo, dizem. Mas costuma roer a corda. Como sei disso? Contratei-o para um serviço. Ele desistiu na última hora. Para mim chega desse tal de Hercule Poirot.

Em momentos como esse, eu sentia o enchimento das bochechas murchando!

Foi então que a srta. Martin me contou uma história bastante curiosa. Ryland tinha ido passar o dia em Londres, levando Appleby junto com ele. Após o chá, a srta. Martin e eu passeávamos lado a lado no jardim. Eu apreciava muito o jeito dela, genuíno e natural. Notei que algo a preocupava. Enfim ela resolveu se abrir.

– Sabe, major Neville – disse ela –, estou pensando seriamente em pedir demissão.

Demonstrei certa surpresa. Ela apressou-se em continuar.

– Ah! Sei, é um trabalho maravilhoso. Imagino que a maioria das pessoas me consideraria precipitada por desperdiçá-lo. Mas não suporto abusos, major Neville. Ser destratada como um cavalariano raso... isso eu não consigo aguentar. Um cavalheiro jamais faria uma coisa dessas.

– Ryland destratou você?

Ela assentiu com a cabeça.

– Claro, ele é sempre muito irritadiço e de pavio curto. Isso até é tolerável. Ossos do ofício. Mas deixar se dominar por uma fúria absoluta... sem motivo aparente. Ele parecia mesmo capaz de me matar! E, como eu disse, sem motivo nenhum!

– Quer me explicar melhor? – disse com o interesse aguçado.

– Sabe, sou eu que abro toda a correspondência do sr. Ryland. Algumas cartas entrego ao sr. Appleby, outras eu mesma administro, mas faço a seleção preliminar. Bem, chegaram umas cartas, escritas em papel azul, com um número quatro timbrado no canto do envelope... o senhor disse alguma coisa?

Não fui capaz de reprimir uma exclamação, mas apressei-me em balançar a cabeça e implorar que ela continuasse.

– Bem, como eu dizia, essas cartas chegaram. Há ordens estritas para elas nunca serem abertas, e sim serem entregues intactas ao sr. Ryland. E, é claro, sempre fiz isso. Mas ontem de manhã havia muita correspondência, e eu estava abrindo as cartas numa pressa tremenda. Por engano abri uma dessas cartas. Quando percebi o que havia feito, levei a carta ao sr. Ryland e expliquei. Para meu completo espanto, ele ficou possesso. Como eu disse, fiquei muito assustada.

– Imagino... o que será que dizia a carta para aborrecê-lo tanto assim?

– Nada mesmo... essa é a parte mais curiosa da história. Eu tinha lido antes de descobrir o erro. Era bem sucinta. Ainda lembro palavra por palavra, e não havia nada capaz de incomodar alguém.

– É capaz de repetir, então? – encorajei-a.

– Sim.

Ela fez uma pausa e em seguida repetiu devagar, enquanto eu tomava nota das palavras discretamente:

Caro Abe,
O essencial nesse momento é ver a propriedade. Se você quiser incluir a pedreira, o preço é 17 mil. Comissão de 11% é um exagero; 4% é suficiente.
Seu,
Arthur Leversham

A srta. Martin prosseguiu:

– Tudo indica ser alguma propriedade que o sr. Ryland pensava comprar. Mas, na verdade, acho que alguém capaz de perder o controle por uma coisa insignificante como essa é mesmo perigoso. O que acha que eu devo fazer, major Neville? O senhor tem mais experiência do mundo do que eu.

Procurei acalmar a moça, salientando que o sr. Ryland provavelmente estivera sofrendo do inimigo de sua raça: a indigestão. Enfim, ao nos despedirmos, ela estava bem aliviada. Mas eu mesmo não estava satisfeito. Quando a moça se retirou e encontrei-me só, peguei meu caderno e transcrevi a carta que eu anotara rapidamente. O que significava aquela mensagem aparentemente inócua? Teria a ver com alguma transação que Ryland andava fazendo, e ele estava receoso de que vazassem informações antes do negócio se concretizar? Era uma explicação plausível. Então me lembrei do pequeno número quatro no envelope e senti que, finalmente, estava no rastro daquilo que procurávamos.

Passei toda aquela tarde e boa parte do dia seguinte tentando decifrar a carta – e então matei a charada. Era bem simples até. O número quatro era a pista. Lendo cada quarta palavra da carta, aparecia uma mensagem bem diferente. "Essencial ver você pedreira dezessete, onze, quatro."

A solução dos números era fácil. Dezessete significava dezessete de outubro – amanhã. Onze era o horário. Quatro era a assinatura – quer fosse o misterioso Número Quatro ou quer fosse, vamos dizer, a "marca registrada" dos Quatro Grandes. A pedreira também era inteligível. Havia uma grande pedreira abandonada num terreno a cerca de oitocentos metros da casa... um local ermo, ideal para encontros secretos.

Por um instante, fiquei tentado a comandar eu mesmo o show. Para mim seria motivo de orgulho, pelo menos uma vez, ter o prazer de superar Poirot.

Mas no fim controlei a tentação. Esse era um caso grandioso – eu não tinha o direito de agir sozinho e colocar em risco nossas chances de sucesso. Pela primeira vez, havíamos antecipado um passo de nossos inimigos. Precisávamos agir certo dessa vez – e, por mais que eu tentasse esconder, Poirot tinha o melhor cérebro dos dois.

Escrevi a Poirot às pressas, expondo os fatos e explicando o quão urgente era ouvir secretamente o que seria tratado naquele encontro. Se ele quisesse deixar comigo, ótimo, mas dei instruções detalhadas de como localizar a pedreira a partir da estação, caso ele considerasse apropriado comparecer pessoalmente.

Eu mesmo levei a carta até a vila e a remeti. Ao longo de minha estada, eu conseguira me comunicar com Poirot, mas concordáramos que ele não deveria tentar se comunicar comigo no caso de minha correspondência ser violada.

Na noite seguinte, eu mal conseguia esconder a ansiedade. Não havia hóspedes na casa, e fiquei ocupado com o sr. Ryland no gabinete dele durante todo o começo da noite. Eu previra que isso poderia acontecer, por isso não tinha esperança de conseguir me encontrar com Poirot na estação. Porém, eu estava certo de que seria dispensado bem antes das onze horas.

Pouco depois das dez e meia, o sr. Ryland olhou o relógio de relance e declarou que estava "cansado". Entendi a deixa e discretamente retirei-me. Subi as escadas como se estivesse indo dormir, mas deslizei silencioso por uma escada lateral e me vi no jardim, tomando a precaução de abotoar até em cima o sobretudo escuro para esconder o peito da camisa branca.

Eu já havia andado um bom trecho pelo jardim quando dei uma espiada para trás. O sr. Ryland acabava de sair pela janela do gabinete e de entrar no jardim. Estava se dirigindo ao local do encontro marcado. Dobrei a velocidade de meu passo, de forma a obter uma dianteira segura. Cheguei à pedreira um pouco sem fôlego. Não parecia haver ninguém por perto. Rastejei até o meio de um espesso emaranhado de arbustos e esperei pelos acontecimentos.

Dez minutos depois, às onze em ponto, Ryland aproximou-se em silêncio, com o indefectível charuto na boca e o olhar encoberto pela aba do chapéu. Relanceou os olhos ao redor e então mergulhou no desfiladeiro da pedreira abaixo. Naquele instante, escutei um murmúrio de vozes. Era óbvio que Ryland não havia sido o primeiro a chegar ao encontro marcado. Engatinhei com cautela para fora dos arbustos e, palmo a palmo, com a máxima precaução para não fazer barulho, rastejei pela trilha íngreme. Agora só uma rocha me separava do burburinho de vozes. Sentindo-me seguro na escuridão, espiei por cima da pedra. Dei de cara com o cano de uma pistola automática!

— Mãos ao alto! — disse o sr. Ryland, sucinto. — Estava lhe esperando.

Ele estava sentado na sombra da rocha, de modo que eu não conseguia enxergar seu rosto, mas o tom de ameaça em sua voz era desagradável. Então, senti um anel de aço gelado na nuca, e Ryland baixou a arma.

— Muito bem, George — falou arrastando as palavras. — Faça-o andar até aqui.

Sem revelar minha raiva, fui levado a um nicho no meio das sombras, onde o invisível George (o qual eu suspeitava ser o impecável Deaves) me amordaçou e me amarrou com maestria.

Ryland falou de novo numa voz que eu tive dificuldade em reconhecer, de tão gélida e ameaçadora.

— Este é o fim de vocês dois. Já se meteram demais no caminho dos Quatro Grandes. Por acaso ouviu falar de desabamento de encostas? Dois anos atrás, houve um aqui. Hoje à noite, vai acontecer outro. Deixei tudo preparado. Puxa, seu amigo não é nada pontual.

Uma onda de horror tomou conta de mim. Poirot! Dali a pouco ele pisaria na armadilha. E eu estava impotente para avisá-lo. Só me restava rezar para que ele tivesse preferido deixar o assunto em minhas mãos e permanecido em Londres. Com certeza, se tivesse vindo, já teria aparecido àquela altura.

A cada minuto que passava, minhas esperanças aumentavam.

De repente, elas foram despedaçadas. Escutei passos — passos cautelosos, mas, sem dúvida, passos. Retorci-me em agonia impotente. Os passos desceram a trilha, estacaram, e então surgiu Poirot em pessoa, a cabeça um pouco inclinada, espiando em meio às sombras.

Ryland rosnou de satisfação quando ergueu a pistola e bradou:

– Mãos ao alto.

Deaves saltou à frente e atacou Poirot pela retaguarda. A cilada estava completa.

– Prazer em conhecê-lo, sr. Hercule Poirot – disse o americano, soturno.

Maravilhoso o autocontrole de Poirot. Não moveu um fio de cabelo. Mas percebi seu olhar vasculhando a escuridão.

– Meu amigo? Está aqui?

– Sim, vocês dois caíram na armadilha... a armadilha dos Quatro Grandes.

Ele riu.

– Uma armadilha? – indagou Poirot.

– Não caiu na real ainda?

Sei que existe uma armadilha... sim – disse Poirot suavemente. – Mas está enganado, monsieur. É *o senhor* que caiu nela... não nós.

– O quê?! – Ryland ergueu a grande pistola automática, mas percebi seu olhar hesitante.

– Se apertar o gatilho, vai cometer assassinato perante dez pares de olhos e será enforcado por isso. Há uma hora, o lugar está cercado por homens da Scotland Yard. Xeque-mate, sr. Abe Ryland.

Deu um estranho assobio, e, num passe de mágica, o local fervilhou de policiais. Seguraram Ryland e seu ajudante e os desarmaram. Após trocar umas palavras com o oficial encarregado, Poirot pegou meu braço e me levou embora.

Tão logo saímos da pedreira, abraçou-me com vigor.

– Você está vivo... e sem um arranhão. Que magnífico. Quantas vezes me culpei por deixar você se arriscar.

– Estou perfeitamente bem – disse, desvencilhando-me. – Apenas um pouco confuso. Descobriu o plano deles então?

– Mas eu esperava por isso! Por que acha que deixei você se infiltrar lá? O nome falso, o disfarce, nem por um momento tinham a intenção de enganar!

– O quê?! – gritei. – Nunca me contou.

– Já tive oportunidade de lhe dizer várias vezes, Hastings. Sua índole é tão bela e honesta! Por isso, a menos que você mesmo seja enganado, é impossível para você enganar aos outros. Bom, então, você é descoberto logo de cara. Fazem o que eu esperava que eles fizessem (certeza matemática para quem utiliza as células cinzentas de modo adequado): usá-lo como isca. A garota entra em ação. A propósito, *mon ami,* um interessante detalhe psicológico. Por acaso ela é ruiva?

– Se você se refere à srta. Martin – disse eu com frieza –, o cabelo dela é de um tom delicado de ruivo, mas...

– São *épatants* esses sujeitos! Fizeram o dever de casa, inclusive estudaram a sua psicologia. Ah! Sim, meu amigo, a srta. Martin estava no enredo, e como. Ela repete o conteúdo da carta para você, junto com a história sobre a ira do sr. Ryland. Você toma nota, põe o cérebro para funcionar... a charada é bem idealizada, difícil, mas não muito. Você soluciona e me envia. Mas eles não contavam que eu estava justamente esperando isso acontecer. Na mesma hora, procuro o inspetor Japp e combino as coisas. E assim, como pode ver, tudo deu certo!

Eu não fiquei muito contente com Poirot e deixei isso bem claro. Voltamos a Londres no trem-leiteiro em plena madrugada. Viagem para lá de desconfortável.

Recém eu saíra do banho e me deixava contagiar pela ideia prazerosa de tomar um bom café da manhã quando escutei a voz de Japp na sala de estar. Vesti o roupão e entrei, apressado, a tempo de ouvir:

– Em que confusão você nos meteu. Que coisa feia, Poirot. Caiu do cavalo, hein? Sempre tem a primeira vez.

Poirot parecia absorto. Japp continuou:

– Nós levando a sério toda essa história de organização criminosa secreta... e o tempo todo era o lacaio.

– O lacaio? – perguntei, ofegante.

– Sim. James, ou seja lá qual for o nome dele. Parece que ele apostou na sala dos empregados que era capaz de se fazer passar pelo patrão enganando um colega que se achava importante (estamos falando do nosso capitão Hastings). Como parte da encenação, entregaria vários materiais sobre espionagem referentes a uma gangue chamada Quatro Grandes.

– Impossível!

– Não acredite então. Levei os cavalheiros direto a Hatton Chase, e lá estava o verdadeiro Ryland adormecido na cama. O mordomo e o cozinheiro, e Deus sabe lá quantos mais, juram sobre a veracidade da aposta. O lacaio nos pregou uma boa peça (nada mais do que isso). E o pajem é seu cúmplice.

– Então é por isso que ele ficava no escuro – murmurou Poirot.

Depois de Japp ir embora, nos entreolhamos.

– Agora, Hastings, *temos certeza* – disse Poirot enfim. – Abe Ryland é o Número Dois dos Quatro Grandes. A simulação do lacaio serviu para garantir uma alternativa de fuga em caso de emergência. E o lacaio...

– Sim? – murmurei.

– *O Número Quatro* – disse Poirot em tom sério.

Capítulo 9

O mistério do jasmim-amarelo

Poirot parecia se contentar em afirmar que a toda hora estávamos obtendo informações e penetrando na mente de nossos adversários – mas eu necessitava de algo mais concreto do que isso.

Desde o começo dessa aventura, os Quatro Grandes haviam cometido dois assassinatos, raptado Halliday e por pouco não haviam eliminado Poirot e eu. Quanto a nós, mal e mal fizéramos um ponto no jogo.

Poirot não deu muita bola para minhas reclamações.

– Até agora, Hastings – disse ele –, eles riram. Isso é verdade. Mas não se lembra do provérbio: "Quem ri por último ri melhor"? Espere o fim, *mon ami*, e verá. Lembre-se também – acrescentou – de que não estamos lidando com criminosos comuns, mas com o segundo maior cérebro do mundo.

Evitei alimentar a sua vaidade fazendo a pergunta óbvia. Eu sabia a resposta, pelo menos sabia qual seria a resposta de Poirot. Em vez disso, tentei sem sucesso extrair alguma informação sobre que providências ele estava tomando a fim de rastrear o inimigo. Como de costume, ele me mantivera completamente no escuro quanto a seus movimentos, mas inferi que ele estava em contato com agentes do serviço secreto na Rússia, na Índia e na China. A julgar pelos rompantes ocasionais de autoglorificação, ele ao menos fazia progressos no seu jogo preferido: avaliar a mente do inimigo.

Ele abandonara as missões particulares quase inteiramente, inclusive recusara alguns honorários bem atrativos.

É verdade, às vezes aceitava casos que lhe intrigavam, mas em geral os abandonava tão logo se convencia de que não estavam conectados às atividades dos Quatro Grandes.

Essa atitude era extraordinariamente lucrativa para nosso amigo inspetor Japp. Sem dúvida, ele recebeu o crédito por ter resolvido vários problemas cujo sucesso se devia, na realidade, a um palpite meio desdenhoso de Poirot.

Como retribuição por esses serviços, Japp fornecia detalhes completos de qualquer caso capaz de interessar o pequeno belga. Ao tomar conhecimento daquilo que os jornais chamavam de "Mistério do jasmim-amarelo", enviou um telegrama a Poirot perguntando se ele não gostaria de aparecer e examinar o caso.

Em resposta a esse telegrama, cerca de um mês após minha aventura na casa de Abe Ryland, nos vimos sozinhos na cabine de um trem, escapando da fumaça e da poeira londrinas rumo à cidadezinha de Market Handford, em Worcestershire, o local do mistério.

Poirot reclinou-se para trás em seu canto.

– Qual é a sua opinião real sobre o caso, Hastings?

Não respondi de imediato à pergunta; senti a necessidade de manter a cautela.

– Parece tudo tão complicado – disse com precaução.

– Não é mesmo? – disse Poirot, deliciado.

– Imagino que nossa viagem assim às pressas seja um sinal claro de que você considera que a morte do sr. Paynter foi assassinato... e não suicídio ou resultado de acidente?

– Não, não; você me interpretou mal, Hastings. Mesmo levando em conta que o sr. Paynter tenha morrido como resultado de um acidente especialmente terrível, ainda permanecem várias circunstâncias misteriosas a serem explicadas.

– Isso que eu quis dizer quando falei que era tudo tão complicado.

– Vamos repassar todos os fatos principais de modo calmo e sistemático. Narre-os em detalhe para mim, Hastings, metódica e claramente.

Tomei a palavra sem demora, esforçando-me para ser tão metódico e claro quanto possível.

– Começamos – disse eu – com o sr. Paynter. Homem de 55 anos, rico, culto, que gosta de viajar pelo mundo por prazer. Nos últimos doze anos, esteve pouco em Londres, mas, repentinamente cansado das viagens incessantes, comprou um refúgio em Worcestershire, perto de Market Handford, e se preparou para se acomodar. Sua primeira ação foi escrever ao único parente, um sobrinho, Gerald Paynter, o filho do irmão mais novo, e lhe sugerir que viesse se instalar em Croftlands (como o refúgio é chamado) junto ao tio. Gerald Paynter, jovem artista sem dinheiro, ficou contente em aquiescer ao acordo. Estava morando há sete meses com o tio quando aconteceu a tragédia.

– Seu estilo narrativo é magistral – murmurou Poirot. – É um livro que fala, e não meu amigo Hastings.

Sem dar atenção a Poirot, comecei a me entusiasmar pela história.

– O sr. Paynter mantinha um pessoal razoável em Croftlands. Seis empregados além do criado pessoal, o chinês Ah Ling.

– O criado chinês Ah Ling – murmurou Poirot.

– Na terça-feira passada, o sr. Paynter reclamou de um mal-estar após o jantar, e um dos criados foi enviado para chamar o médico. Tendo se recusado a ir para a cama, o sr. Paynter recebeu o médico no gabinete. O que se passou entre os dois não se soube então, mas, antes de ir embora, o dr. Quentin pediu para falar com a governanta. Mencionou que aplicara no sr. Paynter uma injeção hipodérmica, pois o coração dele estava bem enfraquecido, e recomendou que ele não fosse perturbado. Então passou a fazer perguntas estranhas sobre os criados. Há quanto tempo trabalhavam ali, de onde tinham vindo etc.

"– A governanta respondeu a essas questões o melhor que pôde, mas ficou bastante intrigada quanto ao seu significado. Na manhã seguinte, houve uma terrível descoberta. Ao descer as escadas, uma das empregadas sentiu um cheiro repugnante de carne queimada que parecia vir do gabinete do patrão. Tentou entrar, mas a porta estava trancada por dentro. Com o auxílio de Gerald Paynter e do chinês, a porta foi arrombada. Eles se depararam com uma cena horrível. O sr. Paynter caíra com a cabeça dentro da lareira a gás. O rosto e a cabeça estavam torrados e irreconhecíveis.

"– Claro, naquele momento, não se levantou suspeita alguma. Tudo parecia apenas um acidente sinistro. Se alguém tinha culpa, esse alguém era o dr. Quentin, por ter aplicado em seu paciente um narcótico e deixá-lo numa posição tão vulnerável. E então se descobriu uma coisa muito esquisita.

"– Havia um jornal no chão, caído dos joelhos do sr. Paynter. Ao virá-lo, havia palavras debilmente rabiscadas com tinta. Uma escrivaninha estava perto da cadeira onde o sr. Paynter estivera sentado, e o dedo indicador da mão direita da vítima estava manchado de tinta até a segunda articulação. Parecia claro que, muito debilitado para segurar a caneta, o sr. Paynter mergulhara o dedo no pote de tinta e dera um jeito de rabiscar aquelas duas palavras na superfície do jornal que segurava. Mas as próprias palavras pareciam completamente fantásticas: *jasmim-amarelo*. Só isso e nada mais.

"– As paredes de Croftlands são forradas de jasmins-amarelos. A princípio, a mensagem moribunda parecia ter algo a ver com as flores, mostrando que o pobre velhote não estava bem das ideias. Claro que os jornais, ávidos por qualquer coisa incomum, abordaram o assunto com entusiasmo, chamando o caso de 'Mistério do jasmim-amarelo', embora seja bem provável que essas palavras não tenham importância alguma."

– Não tenham importância, você diz? – perguntou Poirot. – Bem, sem dúvida, se você diz, então deve ser.

Fitei-o com incerteza, mas não consegui detectar zombaria no olhar dele.

– E então – continuei –, vieram as emoções do inquérito.

– Este é o ponto em que você lambe os beiços.

– Havia uma boa dose de impressões negativas contra o dr. Quentin. Para começar, ele não era o médico costumeiro, apenas um substituto, cumprindo um mês de trabalho, enquanto o dr. Bolitho tirava merecidas férias. Então se generalizou o sentimento de que sua falta de cuidado havia sido a causa direta do acidente. Mas o depoimento dele foi pouco menos que sensacional. O sr. Paynter andava adoentado desde sua chegada em Croftlands. O dr. Bolitho o atendera por um certo tempo, mas, quando o dr. Quentin examinou o paciente pela primeira vez, ficou desconcertado com alguns dos sintomas. Só havia atendido o sr. Paynter uma vez, antes de ser chamado naquela noite após o jantar. Assim que ficaram a sós, o sr. Paynter revelou uma história surpreendente. Em primeiro lugar, explicou que não estava se sentindo mal; o motivo da chamada era o gosto peculiar de um curry que comera na janta. Com uma desculpa conseguira livrar-se de Ah Ling por uns minutos e entornar o conteúdo do prato numa tigela. Agora entregava a tigela ao doutor com a recomendação de ele descobrir se havia mesmo algo errado com a comida.

"– Embora o sr. Paynter tenha declarado não estar se sentindo mal, o médico notou que o choque provocado pelas suspeitas o afetara de modo evidente e que o coração dele fraquejava. Como de praxe, administrou uma injeção não de narcótico, mas de estricnina.

"– Isso, eu acho, encerraria o caso, não fosse *o* ponto crucial da coisa toda: o curry rejeitado, conforme as análises de laboratório, continha ópio suficiente para matar dois homens!"

Fiz uma pausa.

– E suas conclusões, Hastings? – perguntou Poirot calmamente.

– É difícil dizer. *Pode* ter sido um acidente... pode ser mera coincidência que alguém tenha tentado envenená-lo na mesma noite.

– Então não pensa assim? Prefere acreditar que foi... assassinato?!

– E você não?

– *Mon ami*, não raciocinamos da mesma maneira. Não estou tentando me decidir entre duas soluções opostas (crime ou acidente). Isso vai aparecer depois de solucionarmos outro problema: o mistério do "jasmim-amarelo". A propósito, esqueceu de mencionar uma coisa.

– Quer dizer as duas linhas tênues traçadas em ângulo reto logo abaixo das palavras? Não achei que tivessem qualquer importância.

– Você dá muita importância aos próprios pensamentos, Hastings. Mas vamos pular do "Mistério do jasmim-amarelo" para o "Mistério do curry".

– Sei. Quem envenenou o molho? Por quê? Há uma centena de perguntas a fazer. Claro, foi Ah Ling quem o preparou. Mas por que ele iria querer matar o patrão? Será que ele é membro de uma *tong*, uma daquelas sociedades secretas chinesas, ou algo parecido? Volta e meia a gente lê sobre isso. A *tong* do jasmim-amarelo, quem sabe. Sem esquecer Gerald Paynter.

Calei-me de repente.

– Sim – disse Poirot, assentindo com a cabeça. – Tem Gerald Paynter, como você diz. Ele é o herdeiro do tio. Mas jantou fora naquela noite.

– Ele pode ter tido acesso a alguns dos ingredientes do curry – sugeri. – E tomou a precaução de jantar fora de modo a não compartilhar do prato.

Acho que meu raciocínio impressionou bastante Poirot. Ele me olhou com atenção mais respeitosa do que até então me concedera.

– Ele volta tarde – ponderei, criando um caso hipotético. – Vê a luz no gabinete do tio e entra. Descobrindo que o plano falhou, joga o velho no fogo.

– O sr. Paynter, homem vigoroso de 55 anos, não se deixaria ser queimado até a morte sem luta, Hastings. Uma reconstituição dessas não é plausível.

– Bem, Poirot – exclamei –, estamos quase chegando. Quer dizer o que pensa?

Poirot lançou-me um sorriso, inflou o peito e começou num estilo pomposo.

– Supondo tratar-se de um crime, surge logo a questão: por que escolher esse método em particular, carbonizando o rosto até deixá-lo irreconhecível? Só consigo pensar numa razão: confundir a identidade.

– O quê?! – exclamei. – Pensa que...

– Um instante de paciência, Hastings. Estava dizendo que estudo essa teoria. Há algum fundamento para acreditar que o corpo não seja do sr. Paynter? O corpo pode ser de outra pessoa? Estudo essas duas perguntas e enfim respondo a ambas negativamente.

– Ah! – disse eu, um tanto decepcionado. – E então?

Os olhos de Poirot piscaram um pouco.

– E então digo a mim mesmo: "Já que existe algo que eu não entendo, seria bom investigar o assunto. Não devo permitir que os Quatro Grandes me façam de trouxa." Ah! Estamos chegando. Minha escovinha de roupa, onde foi parar? Aqui está: por favor, me escove, meu caro, e em seguida retribuo o serviço em sua roupa.

Pouco depois, enquanto guardava a escova, Poirot murmurou, pensativo:

– Sim, é preciso cuidar para não ficar obcecado. Corro esse perigo. Imagine, meu caro, que até mesmo aqui neste caso estou correndo. Aquelas duas linhas que você mencionou, um risco vertical e outro horizontal se encontrando em ângulo reto, por acaso não lembram o começo de um 4?

– Minha nossa, Poirot – exclamei, rindo.

– Não é absurdo? Vejo o dedo dos Quatro Grandes em tudo. É melhor empregar a astúcia num *milieu* bem diferente. Ah! Lá está Japp nos esperando.

Capítulo 10

Investigamos em Croftlands

De fato, o inspetor da Scotland Yard nos aguardava na plataforma. Saudou-nos calorosamente.

– Bem, *moosior* Poirot, seja bem-vindo. Achei que gostaria de participar disso. Mistério de primeira, não?

Li esse comentário como uma demonstração da completa perplexidade de Japp no caso e uma tentativa de obter dicas de Poirot.

Japp tinha um carro esperando, que nos conduziu até Croftlands. Era uma casa quadrada e branca, bastante despretensiosa, coberta com trepadeiras, incluindo o jasmim-amarelo estrelado. Japp levantou os olhos para as flores assim como nós.

– Devia estar em transe para escrever aquilo, o coitado – observou. – Alucinações, quem sabe, e pensou que estava fora de casa.

Poirot sorria para o inspetor.

– O que terá sido, meu bom Japp? – indagou. – Acidente ou assassinato?

O inspetor pareceu um tanto atrapalhado com a pergunta.

– Bem, se não fosse aquela história do curry, diria toda a vida que foi um acidente. Não tem fundamento ficar segurando a cabeça de um homem vivo no fogo, pelo simples fato de que ele ia derrubar a casa gritando.

– Ah! – disse Poirot em voz baixa. – Como sou burro. Três vezes burro! Você é mais inteligente do que eu, Japp.

Japp ficou bastante surpreso com o elogio vindo de alguém quase exclusivamente dedicado ao autolouvor.

Ruborizou e resmungou algo sobre haver bastante dúvida quanto a isso.

Conduziu-nos até a sala onde a tragédia ocorrera – o gabinete do sr. Paynter. Era uma sala ampla e baixa, com grandes poltronas de couro e as paredes forradas de livros.

Poirot na mesma hora mirou a janela, que dava para um alpendre com piso de pedregulho.

– A janela estava destrancada? – indagou.

– Aí que está o xis da questão, é claro. Quando o doutor saiu do gabinete, ele só fechou a porta atrás de si. Na manhã seguinte estava chaveada. Quem a trancou? O sr. Paynter? Ah Ling afirma que a janela estava fechada e trancada. O dr. Quentin, por sua vez, disse ter a impressão de que ela estava fechada, mas não trancada, embora não jurasse quanto a isso. Se ele tivesse certeza, isso faria uma grande diferença. Se o homem *foi* assassinado, alguém entrou no gabinete ou pela porta ou pela janela. Se entrou pela porta, o autor do crime morava na casa; se entrou pela janela, pode ter sido qualquer pessoa. Quando arrombaram a porta, a primeira coisa que fizeram foi escancarar a janela. A arrumadeira que fez isso alega que a janela não estava trancada. Mas, diga-se de passagem, ela é uma testemunha fajuta... não se lembra de nada do que a gente pergunta!

– E quanto à chave?

– Lá vem você de novo. Estava no chão embaixo dos escombros da porta. É possível que tenha caído do buraco da fechadura, é possível que tenha sido largada ali por uma das pessoas que entraram, é possível que tenha sido enfiada por baixo da porta pelo lado de fora.

– Na verdade tudo "é possível"?

– Na mosca, *moosior* Poirot. Isso mesmo.

Poirot olhava ao redor, franzindo o cenho com ar aborrecido.

– Não consigo ver a luz – murmurou. – Agora há pouco... sim, tive um vislumbre, mas agora tudo caiu no breu outra vez. Não tenho a chave: não tenho o motivo.

– O jovem Gerald Paynter tinha um ótimo motivo – observou Japp, sombrio. – Teve sua fase rebelde, isso eu posso afirmar. *E* esbanjadora. Sabe como são os artistas... sem quaisquer padrões de conduta.

Poirot não prestou muita atenção às censuras radicais de Japp sobre o temperamento artístico. Em vez disso, sorriu astutamente.

– Meu bom Japp, quer jogar areia em meus olhos? Sei muito bem que é do chinês que você suspeita. Mas você é tão ladino. Quer que eu o ajude... mas faz tudo para me tirar da pista certa.

Japp caiu na risada.

– Você é mesmo uma figura, sr. Poirot. Sim, aposto as fichas no chinesinho, agora admito. Está na cara, foi ele quem alterou o curry. E se tentou eliminar o patrão uma vez naquela noite, tentaria uma segunda vez.

– Fico pensando se tentaria – falou Poirot suavemente.

– Mas o motivo me intriga. Quem sabe alguma vingança bárbara ou coisa parecida.

– Fico pensando – repetiu Poirot. – Não houve roubo? Não desapareceu nada? Joia, dinheiro, documentos?

– Não... quer dizer, não exatamente.

Agucei os ouvidos; Poirot também.

– Nada foi roubado, quero dizer – explicou Japp. – Mas o tio estava escrevendo uma espécie de livro. Só hoje de manhã ficamos sabendo, quando chegou uma carta da editora pedindo o manuscrito. Sabe, estava recém-terminado. O jovem Paynter e eu vasculhamos por tudo, mas não encontramos nem sinal do livro... o autor deve ter escondido em algum lugar.

Os olhos de Poirot brilharam com a luz verde que eu conhecia tão bem.

– Qual o título do livro? – indagou.

– *A mão oculta da China*, se não me engano.

– Arrá! – disse Poirot quase perdendo o fôlego. Então acrescentou rapidamente: – Deixe-me falar com o chinês, Ah Ling.

O chinês foi chamado e apareceu arrastando os pés, o olhar baixo e a trancinha balançando. O rosto impassível não demonstrava um vestígio sequer de emoção.

– Ah Ling – disse Poirot –, está triste com a morte do seu patrão?

– Muito tliste. Ele bom patlão.

– Sabe quem o matou?

– Não sei. Dilia pa polícia se soubesse.

As perguntas e respostas continuaram. Com o mesmo rosto impassível, Ah Ling descreveu como preparara o curry. O cozinheiro não interferira em nada, afirmou. Ele fizera o prato sozinho. Fiquei imaginando se ele percebia onde se embrenhava ao confessar aquilo. Também insistiu na afirmação de que a janela para o jardim estava trancada naquela noite. Se pela manhã estava destrancada, deveria ter sido o patrão que a abrira. Por fim, Poirot o dispensou.

– Por enquanto é só, Ah Ling.

Mal o chinês aproximara-se da porta, Poirot o chamou de novo.

– Diga-me, não sabe nada sobre a expressão jasmim-amarelo?

– Não. Como sabelia?

– Nem sobre o sinal escrito embaixo dela?

Poirot inclinou-se à frente enquanto falava e rapidamente traçou algo sobre a superfície empoeirada da mesinha. Eu estava perto o suficiente para ver antes que ele apagasse. Um risco vertical em ângulo reto com outro horizontal, e então uma segunda linha vertical para completar um grande 4. O efeito no chinês foi elétrico. Por um instante seu rosto crispou-se de terror. Em seguida, com a mesma rapidez, ficou impassível de novo. Repetindo a séria negativa, retirou-se.

Japp partiu à procura do jovem Paynter, e Poirot e eu ficamos a sós.

– Os Quatro Grandes, Hastings – exclamou Poirot. – Outra vez os Quatro Grandes. Paynter gostava de viajar pelo mundo. Sem dúvida, o livro dele continha informações cruciais sobre os negócios do Número Um, Li Chang Yen, a cabeça e o cérebro dos Quatro Grandes.

– Mas quem... como...

– Silêncio. Estão chegando.

Gerald Paynter era um jovem sociável, de aparência bastante frágil. Usava barba castanho-clara e uma esquisita gravata borboleta. Respondeu com boa vontade às perguntas de Poirot.

– Jantei fora com nossos vizinhos, os Wycherley – explicou. – Que horas cheguei? Ah, devia ser umas onze. Tenho a chave da porta da frente, sabe. Todos os empregados tinham se recolhido. Naturalmente, achei que meu tio fizera o mesmo. Para ser sincero, pensei ter avistado aquele chinesinho de pisada mansa se esgueirando atrás da parede do hall, mas devo ter me enganado.

– Sr. Paynter, quando foi a última vez que viu seu tio? Quero dizer, antes de vir morar com ele aqui?

– Ah! Não nos víamos desde que eu tinha uns dez anos. Sabe, ele e o irmão dele (meu pai) tiveram uma briga feia.

– Mas ele lhe encontrou sem dificuldades, não foi? Mesmo depois de tantos anos?

– Sim, foi muita sorte a minha ter lido o anúncio do advogado no jornal.

Poirot não fez mais perguntas.

Nossa próxima ação foi visitar o dr. Quentin. Contou uma história quase igual à contada no inquérito e pouco teve a acrescentar. Recebeu-nos em seu consultório, tendo há pouco terminado de atender aos pacientes. Pareceu-me um homem inteligente. Um certo pedantismo combinava com seu pincenê, mas calculei que ele devia ser inteiramente moderno em seus métodos.

– Gostaria de poder lembrar sobre a janela – disse com franqueza. – Mas é perigoso ficar pensando em coisas passadas. É fácil se convencer de algo que nunca existiu. Isso é psicologia, não é, monsieur Poirot? Sabe, li tudo sobre os seus métodos. Posso afirmar que sou um grande admirador seu. Tenho quase certeza de que o chinês colocou o ópio no curry, mas ele nunca vai confessar, e nunca vamos saber o motivo. Mas segurar a cabeça de um homem no fogo... isso parece não fechar com a personalidade de nosso amigo chinês.

Comentei sobre esse último ponto com Poirot, enquanto descíamos a rua principal de Market Handford.

– Pensa que ele deixou algum cúmplice entrar? – indaguei. – A propósito, será que podemos confiar em Japp para mantê-lo vigiado? Os emissários dos Quatro Grandes são muito ágeis.

(O inspetor tinha ido à delegacia resolver um assunto qualquer.)

– Japp está vigiando os dois – disse Poirot de modo austero. – Eles têm sido observados de perto desde a descoberta do corpo.

– Bem, de qualquer modo, *sabemos* que Gerald Paynter não teve nada a ver com isso.

– Sempre sabe mais do que eu, Hastings. Isso está se tornando cansativo.

– Sua velha raposa – ri. – Nunca se compromete.

– Para ser honesto, Hastings, o caso agora está bem claro para mim (tudo com exceção do termo *jasmim-*

amarelo). Estou começando a concordar com você. Talvez não tenha relação com o crime. Num caso desses, é preciso decidir quem está mentindo. Já fiz isso. Mas...

De repente disparou e entrou numa livraria ali perto. Poucos minutos depois saiu, abraçando um pacote. Então Japp uniu-se a nós, e fomos ao hotel procurar acomodações.

Acordei tarde na manhã seguinte. Quando desci à sala de estar reservada para nós, encontrei Poirot caminhando de um lado para o outro, o rosto crispado de angústia.

– Não me dirija a palavra – exclamou ele, balançando a mão, agitado. – Não antes de eu saber que está tudo bem... que a prisão foi realizada. Ah! Minha psicologia tem sido fraca. Hastings, se um homem escreve uma mensagem à beira da morte, é porque é importante. Todo mundo diz: "jasmim-amarelo? Tem jasmim-amarelo crescendo nas paredes da casa... não significa nada." Bem, e o que significa? Nada além do que diz. Escute.

Mostrou o livreto que segurava.

– Meu caro, tive a ideia de que seria bom pesquisar sobre o assunto. O que exatamente é jasmim-amarelo? Este pequeno livro me disse. Escute.

Ele leu.

– "*Raiz de gelsêmio (jasmim-amarelo)*. Composição: alcaloides *gelseminina*, $C_{22}H_{26}N_2O_3$, veneno potente com ação similar à coniína; *gelsemina*, $C_{12}H_{14}NO_2$, com ação similar à estricnina; *ácido gelsêmico* etc. O gelsêmio é um poderoso depressor do sistema nervoso central. No estágio final de sua ação, paralisa as terminações nervosas motoras. Em doses maciças, causa vertigens e perda de força muscular. A morte decorre da paralisia do sistema respiratório." Não percebe, Hastings? No começo tive um vislumbre da verdade quando Japp fez aquele comentário sobre um homem vivo ser forçado contra o fogo. Então me dei conta de que o homem já estava morto quando foi carbonizado.

– Mas por quê? Com que objetivo?

– Meu caro, se você desse um tiro ou enfiasse uma faca em um homem depois de morto, ou até mesmo o golpeasse na cabeça, ficaria evidente que os ferimentos foram infligidos após a morte. Mas com a cabeça da vítima incinerada, ninguém vai procurar causas obscuras de morte. Além disso, é improvável que um homem que aparentemente escapou de ser envenenado na janta venha a ser envenenado logo depois. *Quem* está mentindo? Eis a eterna questão. Decidi acreditar em Ah Ling.

– O quê?!

– Está surpreso, Hastings? Ah Ling sabia da existência dos Quatro Grandes, isso estava claro... e a sua reação deixou ainda mais claro que ele não desconfiava da relação deles com o crime até aquele momento. Se ele fosse o assassino, teria permanecido com o rosto impassível. Por isso decidi acreditar em Ah Ling e concentrar minhas suspeitas em Gerald Paynter. Eu tinha a impressão de que o Número Quatro não teria dificuldade alguma em se fazer passar por um sobrinho não visto há muito tempo.

– O quê? – perguntei. – O Número Quatro?

– Não, Hastings, *não* o Número Quatro. Assim que li a descrição do jasmim-amarelo, vislumbrei a verdade. De fato, ela saltou aos meus olhos.

– Como sempre – disse eu com frieza –, não saltou aos meus.

– Porque você nunca usa as pequenas células cinzentas. Quem teve a chance de adulterar o curry?

– Ah Ling. Ninguém mais.

– Ninguém mais? *E quanto ao doutor?*

– Mas isso foi *depois*.

– Claro que foi depois. Não havia vestígio de ópio no curry servido ao sr. Paynter, mas, agindo em obediência às suspeitas levantadas pelo dr. Quentin, o tio não come nada e guarda o prato para fornecer ao médico, a quem chama de acordo com o plano. O dr. Quentin chega, se encarrega do curry e *aplica uma injeção no sr. Paynter*... de estricnina, ele diz, mas, na verdade, de jasmim-amarelo... uma dose fatal. Quando a droga começa a fazer efeito, ele sai, não sem antes destrancar a janela. Então, à noite, retorna pela janela, acha o manuscrito e empurra o sr. Paynter contra o fogo. Não nota o jornal que cai no chão e fica encoberto pelo corpo. O velho Paynter sabia qual droga lhe havia sido aplicada e se empenhou para acusar os Quatro Grandes do seu assassinato. É fácil para Quentin misturar pó de ópio no curry antes de levar ao laboratório para a análise. Dá a versão dele sobre a conversa com a vítima e menciona casualmente a injeção de estricnina, no caso de perceberem a marca da agulha. Logo as suspeitas se dividem entre acidente e a culpa de Ah Ling por ter envenenado o curry.

– Mas o dr. Quentin não pode ser o Número Quatro?

– Imagino que sim. Sem dúvida existe um dr. Quentin verdadeiro, provavelmente em algum lugar do exterior. Número Quatro apenas assumiu sua identidade por um tempo curto. As negociações com o dr. Bolitho foram todas realizadas por correspondência, e o profissional substituto adoeceu na última hora.

Naquele minuto, Japp entrou de supetão, o rosto afogueado.

– Conseguiu capturá-lo? – perguntou Poirot com ansiedade.

Sem fôlego, Japp balançou a cabeça.

– Bolitho voltou de férias hoje de manhã... chamado por um telegrama. Ninguém sabe quem o enviou. O outro homem foi embora ontem à noite. Mas ainda vamos pegá-lo.

Poirot balançou a cabeça em silêncio.

– Acho que não – disse ele. Distraído, pegou um garfo e desenhou um grande 4 na mesa.

Capítulo 11

Um problema de xadrez

Poirot e eu costumávamos jantar num modesto restaurante em Soho. Numa noite dessas, avistamos um amigo na mesa ao lado. Era o inspetor Japp; como havia lugar em nossa mesa, ele veio sentar-se conosco. Fazia um tempinho que não o víamos.

– Ultimamente você não tem tempo para os amigos – afirmou Poirot em tom de reprovação. – Não nos vemos desde o caso do jasmim-amarelo, e isso já vai fazer um mês.

– É que estive um tempo no Norte... Mas como vão as coisas? Alguma notícia dos Quatro Grandes?

Poirot apontou o dedo na direção dele com ar de censura.

– Ah! Você não me leva a sério... mas os Quatro Grandes... eles existem.

– Não duvido disso... mas não são o centro do universo como você fantasia.

– Aí que você se engana, meu caro. Hoje, o poder maléfico global está concentrado nas mãos dos Quatro Grandes. Ninguém sabe seus objetivos, mas nunca o mundo viu organização criminosa igual. O cérebro mais aguçado da China é o cabeça, assessorado por um milionário americano e uma cientista francesa. Já o quarto...

Japp interrompeu.

– Sei... sei. A pulga não sai de trás de sua orelha, hein? Está se tornando uma pequena obsessão, *moosior* Poirot. Que tal outro assunto para variar? Tem interesse em xadrez?

– Joguei uma época.

– Viu ontem que caso curioso? Uma partida entre dois jogadores de reputação internacional em que um deles morreu no meio do jogo?

– Ouvi falar. O dr. Savaronoff, o campeão russo, era um dos jogadores. O outro, que teve um ataque cardíaco, era o jovem gênio americano, Gilmour Wilson.

– Isso mesmo. Savaronoff venceu Rubinstein e sagrou-se campeão da Rússia anos atrás. Wilson era considerado o novo Capablanca.

– Incidente muito estranho – ponderou Poirot. – Se não estou enganado, você tem um interesse especial no assunto?

Japp soltou um riso um pouco encabulado.

– Na mosca, *moosior* Poirot. Estou confuso. Wilson vendia saúde... nem sinal de problemas cardíacos. Sua morte é bastante inexplicável.

– Suspeita que ele tenha sido eliminado pelo dr. Savaronoff? – perguntei.

– Acho que não – disse Japp secamente. – Nem mesmo um russo seria capaz de matar outro homem só para não ser derrotado no xadrez... De qualquer modo, quem estava em maus lençóis era o desafiante... O doutor é quase imbatível... dizem que só perde para Lasker.

Poirot assentiu, pensativo.

– Então qual é o seu palpite afinal? – indagou. – Por que motivo Wilson seria envenenado? Pois calculo que você suspeite de envenenamento.

– Claro. Colapso cardíaco, o coração para de bater... não tem mistério. Até o momento, esse é o diagnóstico oficial do legista. Mas ele nos confidenciou que não está satisfeito.

– Quando será a autópsia?

– Hoje à noite. A morte de Wilson pegou todo mundo de surpresa. Ele parecia bem como sempre e no meio de uma jogada de repente tombou morto no tabuleiro!

— São raros os venenos que agem assim — objetou Poirot.

— Sei disso. A autópsia vai nos ajudar, espero. Mas por que alguém gostaria de tirar Gilmour Wilson do caminho? É isso que eu gostaria de saber. Moço simples e inofensivo. Recém-chegado dos Estados Unidos. Ao que tudo indica, sem inimigos.

— Parece incrível — ponderei.

— Nem um pouco — disse Poirot, sorrindo. — Japp tem sua tese, pelo que percebo.

— Tenho, *moosior* Poirot. Não acredito que o alvo do veneno era Wilson... e sim o outro homem.

— Savaronoff?

— Sim. Savaronoff entrou em rota de colisão com os revolucionários comunistas. Foi dado como morto. Na realidade, tinha escapado. Por três anos sofreu injustiças incríveis nos selvagens confins da Sibéria. Penou tanto, que hoje ele está mudado. Amigos e conhecidos afirmam que dificilmente o teriam reconhecido. O cabelo embranqueceu, e seu aspecto geral é o de um homem terrivelmente envelhecido. Está semi-inválido e pouco sai de casa. Mora com a sobrinha, Sonia Daviloff, e um servo russo num apartamento a caminho de Westminster. É possível que ainda se considere um homem marcado. Com certeza não queria participar dessa partida de xadrez. Recusou várias vezes sem dar justificativa. Só quando os jornais trouxeram o assunto à tona e começaram a fazer estardalhaço sobre a "recusa antiesportiva", ele deu o braço a torcer. Gilmour Wilson continuou a desafiá-lo com pertinácia verdadeiramente ianque. No fim ele conseguiu. Agora eu lhe pergunto, *moosior* Poirot, por que ele não estava interessado em jogar? Porque não queria chamar atenção para si. Não queria ninguém em seu encalço. Esta é a minha solução: Gilmour Wilson foi apagado por engano.

— Ninguém tem um motivo especial para se favorecer com a morte de Savaronoff?

— Bem, a sobrinha dele, suponho. Não faz muito, ele apoderou-se de uma imensa fortuna. Deixada por madame Gospoja, cujo marido era investidor da indústria açucareira no antigo regime. Eles tiveram, vamos dizer, transações conjuntas. O fato é que ela se recusou terminantemente a acreditar no anúncio de sua morte.

— Onde aconteceu a partida?

— No próprio apartamento de Savaronoff. Como eu disse, ele está inválido.

— Muitas pessoas assistiram?

— Pelo menos uma dúzia... talvez mais.

Poirot fez uma careta expressiva.

— Meu pobre Japp, a tarefa não é nada fácil.

— Quando eu souber definitivamente que Wilson foi envenenado, posso avançar.

— Já passou por sua cabeça uma coisa? Na hipótese de que o alvo fosse Savaronoff, o assassino poderia tentar outra vez neste meio-tempo?

— Claro que sim. Dois homens estão fazendo segurança no apartamento de Savaronoff.

— Muito útil no caso de alguém bater na porta com uma bomba embaixo do braço — comentou Poirot, em tom mordaz.

— Está se interessando pelo assunto, *moosior* Poirot — disse Japp, com uma piscadela. — Não quer passar no necrotério e ver o corpo de Wilson antes do começo da autópsia? Quem sabe o prendedor da gravata do defunto está torto e isso não lhe dá uma valiosa pista para solucionar o mistério?

— Meu querido Japp, durante todo o jantar estive louco de vontade para ajeitar o seu próprio prendedor de gravata. Com sua permissão... Ah, agora sim! Bem mais agradável aos olhos. Sem dúvida, vamos ao necrotério.

Percebi a atenção de Poirot totalmente fascinada por esse novo problema. Fazia tanto tempo que ele não demonstrava qualquer interesse por outros casos, que me causou deleite vê-lo animado como nos velhos tempos.

De minha parte, senti profunda pena ao baixar os olhos ao vulto imóvel e ao rosto contraído do infeliz jovem americano que morrera de modo tão estranho. Poirot examinou o corpo minuciosamente. Não havia marca alguma, exceto uma pequena cicatriz na mão esquerda.

– Segundo o médico, é queimadura, e não corte – explicou Japp.

A atenção de Poirot desviou-se para o conteúdo dos bolsos do defunto, que um guarda espalhou na mesa para nossa inspeção. Não havia nada diferente: um lenço, chaves, uma carteira cheia de cédulas e algumas cartas sem importância. Mas um objeto em especial, que parava em pé, encheu Poirot de interesse.

– Uma peça de xadrez! – exclamou. – Um bispo branco. Estava no bolso dele?

– Não: fechada na mão. Tivemos bastante dificuldade em tirá-la do meio dos dedos. Em breve será devolvida ao dr. Savaronoff. É parte de um belo jogo de peças de xadrez esculpidas em marfim.

– Se permitir, gostaria de me encarregar de fazer a devolução. Assim tenho uma desculpa para ir lá.

– Arrá! – exclamou Japp. – Então quer entrar no caso?

– Admito que sim. Com bastante perícia, você atiçou meu interesse.

– Está bem. Você andava meio sorumbático, e consegui tirá-lo da toca. O capitão Hastings também está satisfeito, estou vendo.

– É verdade – disse eu com uma risada.

Poirot virou-se de novo para o cadáver.

– Nenhum outro pequeno detalhe sobre... ele? – indagou.

– Acho que não.

– Nem que ele... era canhoto?

– O senhor é um mago, *moosior* Poirot. Como sabia? Sim, ele *era* canhoto. Não que isso tenha algo a ver com o caso.

– Nada, em absoluto – apressou-se em concordar Poirot, notando Japp um pouco aborrecido. – Só um pequeno gracejo dos meus... nada além disso. Sabe, gosto de brincar com você.

Saímos conversando cordialmente.

Na manhã seguinte, dirigimo-nos ao apartamento do sr. Savaronoff em Westminster.

– Sonia Daviloff – cismei. – Nome forte.

Poirot estacou e lançou-me um olhar de desespero.

– Sempre à procura de romance! Você é incorrigível. Aposto que não se importaria se Sonia Daviloff na verdade fosse nossa amiga e adversária, a condessa Vera Rossakoff.

Ao ouvir o nome da condessa, minha expressão ficou sombria.

– Com certeza, Poirot, você não suspeita...

– Não, não. Foi uma piada! Apesar do que Japp fala, não sou assim tão obcecado pelos Quatro Grandes.

Um criado de rosto peculiarmente insípido abriu para nós a porta do apartamento. Parecia impossível imaginar algum traço de emoção naquela fisionomia fleumática.

Poirot apresentou um cartão no qual Japp havia rabiscado breves palavras de apresentação. Fomos introduzidos numa sala comprida, de teto baixo, decorada com suntuosas tapeçarias e relíquias. Um par de ícones deslumbrantes pendia das paredes; bonitos tapetes persas cobriam o piso. Numa das mesas havia um samovar.

Examinei um dos ícones e avaliei ser de valor considerável. Ao virar, deparei-me com Poirot engatinhando no chão. Por mais belo que fosse o tapete, pareceu-me desnecessária apreciação tão cuidadosa.

– É um item assim tão maravilhoso? – perguntei.

– Como? Ah! O tapete? Não, não é o tapete que estou examinando. Em todo caso, *é* um belo exemplar, belo demais para ter sido atravessado brutalmente por um prego enorme. Não, Hastings – falou Poirot enquanto eu me aproximava –, o prego não está mais aqui. Mas o buraco, sim.

De repente um barulho atrás de nós me fez dar meia-volta. Poirot levantou-se num pulo ágil. Na soleira da porta, estava uma jovem. Seus olhos, escurecidos de suspeita, estavam cravados em nós. Nem alta, nem baixa, o rosto belo um tanto sombrio, olhos azul-escuros e cabelos curtos bem pretos. Disse num sotaque harmonioso e musical:

– Receio que meu tio não tenha condições de receber os senhores. Está praticamente inválido.

– É uma pena. Mas talvez a senhorita faça a gentileza de nos ajudar... Mademoiselle Daviloff?

– Sim, sou Sonia Daviloff. O que os senhores desejam saber?

– Estou fazendo algumas investigações sobre o triste acontecimento de anteontem à noite... a morte do sr. Gilmour Wilson. O que a senhorita poderia nos dizer a respeito?

Os olhos da moça se arregalaram.

– Morreu de ataque cardíaco... no meio da partida de xadrez.

– A polícia não tem tanta certeza assim, senhorita.

A moça fez um gesto apavorado.

– Então é verdade – exclamou ela. – Ivan tem razão.

– Quem é Ivan? Por que a senhorita diz que ele tem razão?

– Ivan é o homem que abriu a porta... tinha me dito que, na opinião dele, Gilmour Wilson não morreu de morte natural... foi envenenado por engano.

– Por engano?

– Sim, o alvo do veneno era meu tio.

Ela deixara de lado toda a desconfiança inicial e falava com ansiedade.

– Por que afirma isso, senhorita? Quem gostaria de envenenar o dr. Savaronoff?

Ela balançou a cabeça.

– Não sei. Estou confusa. O meu tio não confia em mim. Talvez seja normal. Sabe, ele mal me conhece. Ele me conheceu criança, e só nos reencontramos há pouco tempo, quando eu vim morar com ele em Londres. Mas de uma coisa tenho certeza: ele anda com medo. Sabe, na Rússia existem muitas sociedades secretas. Escutei algo dia desses e fiquei pensando se ele não estava com medo justamente de uma sociedade assim. Diga-me, monsieur – ela deu um passo em nossa direção e baixou o tom de voz –, já ouviu falar numa organização chamada os "Quatro Grandes"?

Poirot quase caiu duro. Sem dúvida seus olhos se arregalaram de espanto.

– Por quê? O que a senhorita sabe sobre os Quatro Grandes?

– Então essa sociedade existe! Sem querer, escutei uma referência a ela e mais tarde perguntei a meu tio. Nunca vi alguém tão assustado. Ficou pálido e trêmulo. Tenho certeza, ele estava com medo deles, monsieur. Um medo visceral. E por engano mataram o americano Wilson.

– Os Quatro Grandes – murmurou Poirot. – Sempre os Quatro Grandes! Coincidência espantosa, senhorita. Seu tio ainda corre perigo. Preciso falar com ele. Agora recapitule comigo os fatos da noite fatal. Mostre-me o tabuleiro de xadrez, a mesa, a posição de cada jogador... tudo.

Ela foi até uma extremidade da sala e trouxe uma mesinha. O tampo era trabalhado belamente com quadrados negros e prateados representando um tabuleiro.

– Meu tio recebeu esta mesa de presente algumas semanas atrás, com o pedido que ele a usasse em sua próxima partida. Estava no meio da sala, assim...

Poirot examinou a mesa com o que me pareceu uma atenção desnecessária. Eu teria conduzido o interrogatório de modo bem diferente. Muitas das perguntas me pareciam sem sentido; sobre assuntos realmente cruciais ele parecia não ter perguntas a fazer. Concluí que a menção inesperada sobre os Quatro Grandes o deixara completamente perdido.

Depois de um minuto perscrutando a mesa e a posição exata que ela havia ocupado, pediu para ver as peças. Sonia Daviloff as trouxe numa caixa. Examinou uma ou duas de modo superficial.

– Primoroso jogo de peças – murmurou, distraído.

Nenhuma pergunta nem sobre as bebidas oferecidas na ocasião nem sobre as pessoas presentes.

Pigarreei de modo significativo.

– Não acha, Poirot, que...

Ele me cortou de modo peremptório.

– Não pense, meu caro. Deixe tudo comigo. Senhorita, não há mesmo a possibilidade de vermos seu tio?

Um sorriso débil surgiu no rosto dela.

– Ele vai recebê-los, sim. Sabe, é meu papel entrevistar todos os estrangeiros primeiro.

Ela desapareceu. Escutei um murmúrio de vozes no aposento contíguo, e um minuto depois ela voltou e com gestos nos guiou ao quarto ao lado.

O homem deitado no sofá era um vulto impressionante. Alto, esquelético, sobrancelhas imensas e cerradas, barba branca, o rosto encovado fruto da inanição e da miséria, o dr. Savaronoff era uma pessoa inconfundível.

Observei o formato peculiar e a altura incomum da cabeça. Um grande enxadrista deve ter um grande cérebro, eu sabia. Agora entendia muito bem por que o dr. Savaronoff era o segundo melhor jogador do mundo.

Poirot fez uma reverência.

— Monsieur *le Docteur*, posso falar com o senhor a sós?

Savaronoff olhou para a sobrinha.

— Pode sair, Sonia.

Ela obedeceu.

— Pois bem, sir, do que se trata?

— Dr. Savaronoff, o senhor recentemente recebeu uma imensa fortuna. Se... o senhor morresse de uma hora para outra, quem a herdaria?

— Fiz um testamento deixando tudo para minha sobrinha, Sonia Daviloff. O senhor não está insinuando que...

— Não estou insinuando nada, mas o senhor não vê sua sobrinha desde que ela era criança. Seria muito fácil alguém se fazer passar por ela.

Savaronoff pareceu atordoado pela sugestão. Poirot prosseguiu em tom calmo.

— Bem, está dado o aviso. Agora gostaria que o senhor me descrevesse a partida de xadrez daquela noite.

— Como assim... descrever a partida?

— Bem, faz tempo que não jogo xadrez, mas sei que existem vários tipos de gambitos e aberturas, não é mesmo?

Dr. Savaronoff deu um leve sorriso.

— Ah! Agora entendi. Wilson abriu com a Ruy Lopez... uma das aberturas mais sólidas e mais utilizadas nos torneios e partidas.

— E há quanto tempo os senhores estavam jogando quando aconteceu a tragédia?

— Devíamos estar no terceiro ou quarto lance quando Wilson de repente tombou fulminado na mesa.

Poirot levantou-se para sair. De súbito, lançou a última pergunta, como se ela não tivesse importância alguma, mas eu percebi aonde ele queria chegar.

– Ele bebeu ou comeu algo?

– Um uísque com soda, se não me engano.

– Obrigado, dr. Savaronoff. Não vou mais incomodá-lo.

Ivan estava no hall para nos acompanhar até a saída. Poirot deteve-se no limiar da porta.

– O apartamento abaixo deste, sabe quem mora ali?

– Sir Charles Kingwell, membro do parlamento, sir. Mas ultimamente tem sido alugado com mobília.

– Obrigado.

Saímos no brilhante sol de inverno.

– Com todo o respeito, Poirot – explodi –, hoje seu desempenho foi sofrível. Com certeza suas perguntas foram muito inapropriadas.

– É isso que você pensa, Hastings? – Poirot fitou-me com simpatia. – É verdade, eu estava um pouco *bouleversé*. O que teria perguntado em meu lugar?

Analisei a questão com cautela e então esbocei minha teoria a Poirot. Ele escutou com o que parecia um minucioso interesse. Meu monólogo durou até nos aproximarmos de casa.

– Deveras esplêndido, deveras perspicaz, Hastings – disse Poirot, enquanto inseria a chave na porta e subia as escadas à minha frente. – Mas completamente inútil.

– Inútil! – exclamei, atônito. – Se o homem foi envenenado...

– Arrá! – exclamou Poirot, lançando-se sobre um bilhete na mesa. – De Japp. Bem como eu pensava.

Ele estendeu-o para mim. Era curto e objetivo. Nenhum vestígio de veneno fora encontrado, e não havia nada que indicasse a causa da morte.

– Percebe? – disse Poirot. – Nossas perguntas têm sido completamente inúteis.

— Adivinhou isso de antemão?

— "É preciso exercer a previsibilidade" – citou Poirot, referindo-se a um recente problema de bridge ao qual eu havia dedicado um bom tempo. – *Mon ami*, ser bem-sucedido em prever a cartada não é adivinhação.

— Não vamos discutir o sexo dos anjos – disse com impaciência. – Previu isso?

— Sim.

— Por quê?

Poirot colocou a mão no bolso e retirou... um bispo branco.

— Puxa! – exclamei. – Esqueceu de devolvê-lo ao dr. Savaronoff.

— Está enganado, meu amigo. Aquele bispo ainda está guardado no meu bolso esquerdo. Peguei o companheiro dele da caixa de peças que a mademoiselle Daviloff gentilmente me deixou examinar. O plural de um bispo é dois bispos – disse Poirot, ciciando o "s" final.

Eu estava completamente perdido.

— Mas por que você o pegou?

— *Parbleu*, quis ver se eram exatamente iguais.

Ele colocou os bispos lado a lado na mesa.

— Não há dúvida – eu disse. – São iguaizinhos.

Com a cabeça inclinada, Poirot mirou os bispos.

— São parecidos, admito. Mas não devemos tomar nada por certo antes de provarmos. Traga-me, por favor, a balança de precisão.

Com cuidado infinito, ele pesou as duas peças. Em seguida virou-se para mim com o rosto iluminado de triunfo.

— Eu estava certo. Perceba, eu estava certo. É impossível enganar Hercule Poirot!

Correu ao telefone... e esperou com impaciência.

— É o inspetor Japp? Ah! Japp, é você. Aqui é Hercule Poirot. Fique de olho em Ivan, o criado. Não deixe ele escapar sob hipótese alguma. Sim, sim, é isso mesmo.

Pôs o fone no gancho com rapidez e se virou para mim.

– Não percebe, Hastings? Vou explicar. Wilson não foi envenenado, e sim eletrocutado. Uma fina haste metálica perpassa o meio de uma dessas peças. A mesa foi preparada com antecedência e disposta num local determinado. Quando o bispo repousou numa casa prateada, a corrente elétrica passou através do corpo de Wilson, matando-o instantaneamente. A única marca foi a queimadura na mão... a mão esquerda, porque ele era canhoto. A "mesa especial" é uma espécie de mecanismo de extrema inventividade. A mesa que examinei é uma cópia de inocência perfeita. Foram trocadas pouco depois do crime. O negócio foi realizado a partir do apartamento abaixo, que, se você lembrar, era alugado com mobília. A moça é agente dos Quatro Grandes, trabalhando para herdar o dinheiro de Savaronoff.

– E Ivan?

– Tenho fortes suspeitas de que Ivan seja ninguém menos que o famoso Número Quatro.

– *O quê?*

– Sim. O homem é um ator esplendoroso. Encarna qualquer personagem.

Rememorei aventuras passadas, o atendente do hospício, o jovem açougueiro, o médico polido... todos o mesmo homem e todos completamente diferentes.

– Espantoso – comentei enfim. – Tudo se encaixa. Savaronoff teve um pressentimento sobre a trama, por isso aceitou o desafio a contragosto.

Poirot me fitou calado. Então desviou o olhar abruptamente e começou a caminhar para lá e para cá.

– Por acaso não temos um livro de xadrez, *mon ami*? – indagou de repente.

– Acho que vi um por aí.

Demorei um tempo para desencavá-lo, mas enfim o encontrei e o levei até Poirot, que se afundou numa poltrona e começou a ler com a maior das atenções.

Quinze minutos depois, tocou o telefone. Atendi. Era Japp. Ivan deixara o apartamento carregando um enorme pacote. Pulara num táxi que o esperava, e começou a perseguição. Era evidente que ele tentava despistar seus perseguidores. No fim, pensou que havia conseguido e se dirigiu a um casarão abandonado em Hampstead. A casa foi cercada.

Recontei tudo isso a Poirot. Ele apenas me olhou como se mal compreendesse o que eu dizia. Mostrou o livro de xadrez.

— Escute isto, meu caro. Esta é a abertura Ruy Lopez: 1 P4R, P4R; 2 C3BR, C3BD; 3 B5C. Então surge a dúvida sobre qual o melhor movimento das negras. Existem várias defesas à escolha. Foi o terceiro lance das brancas que matou Gilmour Wilson: B5C. Só o terceiro lance... Isso não lhe diz nada?

Disse que não tinha a mínima ideia do que ele estava falando.

— Imagine, Hastings, se você estivesse sentado nesta cadeira e escutasse a porta da frente abrindo e fechando, o que pensaria?

— Que alguém saiu.

— Sim... mas sempre há dois modos de olhar as coisas. Alguém saiu... alguém *entrou*: duas coisas bem distintas, Hastings. Mas se você escolhesse a opção errada, logo uma pequena discrepância mostraria que você estava na pista errada.

— O que significa tudo isso, Poirot?

Poirot ergueu-se num pulo repentino e enérgico.

— Significa que eu tenho sido três vezes burro. Rápido, rápido, ao apartamento de Westminster. Talvez consigamos chegar a tempo.

Pegamos um táxi e saímos em disparada. Poirot não respondeu às minhas perguntas nervosas. Subimos as escadas correndo. Repetidos toques de campainha e batidas na porta não obtiveram resposta, mas escutando com atenção pude distinguir um gemido surdo lá dentro.

Descobrimos que o porteiro tinha uma chave-mestra. Após certa relutância, consentiu em usá-la.

Poirot foi direto ao quarto interno. Um bafejo de clorofórmio invadiu nossas narinas. No chão jazia Sonia Daviloff, amordaçada e amarrada; um grande chumaço de algodão umedecido tapava o nariz e a boca da moça. Poirot arrancou o algodão e começou a tomar providências para reacordá-la. Logo chegou um médico. Poirot deixou Sonia sob os cuidados dele e se afastou comigo. Nem sinal do dr. Savaronoff.

– O que isso tudo quer dizer? – perguntei, desnorteado.

– Significa que perante duas deduções possíveis escolhi a errada. Não lembra que eu falei como seria fácil para qualquer um se fazer passar por Sonia Daviloff porque o tio dela não a via por muitos anos?

– Sim?

– Bem, exatamente o oposto também era válido. Era igualmente fácil para qualquer um se fazer passar pelo tio.

– Como?

– Savaronoff *realmente* morreu ao irromper da revolução. O homem que fingiu ter escapado com tantos horríveis sofrimentos, o homem tão mudado "que até mesmo os amigos mal o reconheciam", o homem bem-sucedido em herdar uma imensa fortuna...

– Sim. Quem era ele?

– *Número Quatro*. Não me admira ele ter se assustado quando Sonia contou ter ouvido uma de suas conversas particulares sobre os "Quatro Grandes". Outra vez escapou por entre meus dedos. Adivinhou que no fim eu pegaria a pista certa, então enviou o honesto Ivan num tortuoso itinerário só para despistar, dopou a moça com clorofórmio e fugiu, tendo a essa altura já trocado a maioria das apólices deixadas por madame Gospoja.

– Mas... mas então quem tentou matá-lo?
– *Ninguém* tentou matá-lo. O alvo sempre foi Wilson.
– Mas por quê?
– Meu caro, Savaronoff era o segundo melhor jogador do mundo. Número Quatro, com toda a probabilidade, não conhecia sequer os rudimentos do jogo. Com certeza não poderia sustentar a farsa ao longo de uma partida. Tentou de todas as formas evitar o desafio. Quando as tentativas falharam, o destino de Wilson estava selado. A qualquer custo, Wilson não deveria descobrir que o grande Savaronoff não sabia jogar xadrez. Wilson era adepto da abertura Ruy Lopez e a usaria na certa. Número Quatro providenciou a morte na terceira jogada, antes de complicações defensivas.

– Mas, meu prezado Poirot – persisti –, estamos lidando com um maluco? Entendo perfeitamente o raciocínio e admito que pode estar certo. Mas matar um homem só para sustentar uma farsa! Não haveria um modo mais simples de sair da dificuldade? Por exemplo, alegar que estava proibido por ordens médicas de se submeter ao estresse da partida.

Poirot franziu a testa.

– *Certainement*, Hastings – disse ele. – Havia outros modos, mas nenhum tão convincente. Além disso, você parte do pressuposto de que matar um homem é algo a ser evitado, não? A mente do Número Quatro não funciona assim. Coloco-me no lugar dele, coisa que você não consegue. Imagino seus pensamentos. Achou divertido parecer um mestre naquela partida. Não duvido mesmo que tenha visitado torneios de xadrez para compor o papel. Senta-se e franze as sobrancelhas, absorto; dá a impressão de conceber grandes estratégias e, durante todo o tempo, ri-se por dentro. Tem a consciência de que sabe apenas dois lances... e não *precisa saber* mais. Bem o tipo de coisa que agrada ao cérebro do Número Quatro... Ah, Hastings, começo a entender nosso amigo e a sua psicologia.

Dei de ombros.

– Bem, suponho que esteja certo. Mas não consigo entender por que alguém corre um risco facilmente evitável.

– Risco! – bufou Poirot. – Onde então estava o risco? Por acaso Japp solucionaria o problema? Não. Não fosse um pequeno deslize, ele não teria corrido risco algum.

– E que deslize foi esse? – perguntei, embora suspeitasse da resposta.

– *Mon ami*, ele subestimou as pequenas células cinzentas de Hercule Poirot.

Poirot tem lá suas virtudes, mas a modéstia não é uma delas.

Capítulo 12

A isca na arapuca

Meados de janeiro... típico dia do inverno londrino, borrascoso e úmido. Acomodados em nossas poltronas, Poirot e eu nos aquecíamos junto ao fogo. Percebi que meu amigo me olhava com um sorriso zombeteiro, cujo significado não consegui decifrar.

– Um centavo por seus pensamentos – brinquei.

– Estava pensando, meu caro... quando você chegou, no meio do verão, disse que pretendia passar dois meses por aqui.

– Eu disse isso? – perguntei, meio sem jeito. – Não me lembro.

O sorriso de Poirot alargou-se.

– Disse, *mon ami*. Desde então, você mudou os planos, não?

– Err... sim, mudei.

– E por quê?

– Com mil diabos, Poirot, pensa que eu vou deixá-lo enfrentar sozinho algo da dimensão dos Quatro Grandes?

Poirot assentiu amavelmente.

– Bem como eu pensei. Hastings, você é um amigo de confiança. Não arreda o pé daqui só para me ajudar. E sua mulher... a Cinderelinha como você a chama, o que acha disso?

– Não entrei em detalhes, é lógico, mas ela é compreensiva. Ela seria a última pessoa do mundo a querer que eu decepcionasse um companheiro.

– Sim, sim. Ela também é uma amiga leal. Mas talvez esse caso leve tempo.

Concordei com a cabeça, em desalento.

– Seis meses se passaram – ponderei – e onde estamos? Sabe, Poirot, não consigo deixar de pensar que devemos... bem, fazer alguma coisa.

– Sempre tão dinâmico, Hastings! E o que exatamente você quer que eu faça?

Essa era uma questão um tanto embaraçosa, mas eu não estava disposto a recuar.

– Devemos partir para o ataque – argumentei. – O que temos feito durante todo esse tempo?

– Mais do que você pensa, meu caro. Estabelecemos a identidade do Número Dois e do Número Três. Além disso, obtivemos informações substanciais sobre a conduta e os métodos do Número Quatro.

Alegrei-me um pouco. Sob o prisma de Poirot, as coisas não pareciam de todo más.

– Ah! Sim, Hastings, já fizemos bastante. É verdade, não estou em condições de acusar Ryland nem tampouco madame Olivier... quem acreditaria em mim? Lembra-se daquela vez quando pensei ter acossado Ryland num beco sem saída? Mas tratei de divulgar minhas suspeitas em certos quadrantes do alto escalão. Embora outros duvidem, lord Aldington (que requisitou minha ajuda no caso do roubo dos projetos de submarinos) não só conhece todas as minhas informações sobre os Quatro Grandes como acredita nelas. Ryland e madame Olivier, e o próprio Li Chang Yen podem estar seguindo seus rumos, mas cada passo deles está sendo vigiado.

– E o Número Quatro? – perguntei.

– Como acabo de falar... começo a conhecer e a entender os métodos dele. Pode sorrir, Hastings... mas penetrar na personalidade de um homem, saber precisamente como ele agiria em determinada circunstância: esse é o começo do sucesso. Ele e eu estamos duelando. Enquanto ele fornece dicas constantes sobre seu modo de pensar, eu me esforço para revelar pouco ou nada do meu. Ele está nas luzes da ribalta, eu, na penumbra. Posso garantir, Hastings: minha inércia voluntária só aumenta o medo que eles têm de mim.

– De qualquer forma, já há algum tempo eles nos deixaram em paz – observei. – Não houve mais atentados contra a sua vida nem armadilhas de qualquer sorte.

– Não – disse Poirot meditativo. – No frigir dos ovos, isso me surpreende bastante. Principalmente porque há algumas maneiras óbvias de nos atingir que, imagino, deva ter ocorrido a eles. Compreende o que eu quero dizer, talvez?

– Algum tipo de engenhoca infernal? – arrisquei.

Poirot estalou a língua para expressar impaciência.

– Nada disso! Faço um apelo à sua imaginação e em troca recebo uma sugestão sutil como um paquiderme. Bem, preciso comprar fósforos. Vou dar uma saída apesar do tempo. Pardon, meu caro, mas como você consegue ler ao mesmo tempo *O futuro da Argentina*, *Espelho da sociedade*, *Como criar gado bovino*, *O enigma carmim* e *Esporte nas montanhas rochosas*?

Caí na risada e admiti que no momento *O enigma carmim* absorvia toda a minha atenção. Poirot meneou a cabeça com tristeza.

– Mas então guarde os outros na prateleira! Por que nunca adota a organização nem o método? *Mon Dieu*, então para que serve uma estante de livros?

Desculpei-me com humildade. Poirot saiu, não sem antes recolocar cada um dos volumes repulsivos no local adequado. Entrementes, embarquei no prazer ininterrupto do meu seleto livro.

Devo admitir, porém, que eu estava meio adormecido quando uma batida na porta me sobressaltou. Era a sra. Pearson.

– Telegrama, capitão.

Rasguei o envelope laranja sem muito interesse.

Então sentei como fulminado por um raio.

O remetente era Bronsen, meu capataz lá na fazenda sul-americana. Dizia o seguinte:

Sra. Hastings desapareceu ontem, temo ter sido raptada por quadrilha chamada Quatro Grandes pt Polícia avisada nenhuma pista ainda pt Bronsen.

Com um gesto pedi para a sra. Pearson se retirar. Fiquei ali sentado, atônito, lendo e relendo as palavras sem parar. Cinderela... sequestrada! Nas mãos infames dos Quatro Grandes! O que fazer, meu Deus?

Poirot! Precisava falar com Poirot. Ele saberia me aconselhar. Conseguiria derrotá-los de um jeito ou de outro. Em poucos minutos ele estaria de volta. Precisava ter paciência e esperar por ele. Cinderela... nas mãos dos Quatro Grandes!

Outra batida na porta. Uma fresta se abriu, e a sra. Pearson espiou outra vez.

– Um bilhete para o senhor, capitão... trazido por um chinês. Está esperando lá embaixo.

Apanhei o bilhete da mão dela. Curto e direto ao ponto.

"Se pretende rever sua mulher, acompanhe agora o portador deste bilhete. Não deixe mensagens para seu amigo senão ela vai sofrer as consequências."

Assinado: um 4 grande.

O que fazer? O que faria o leitor em minha pele?

Não havia tempo para pensar. Só enxergava uma coisa: Cinderela nas mãos daqueles demônios. Era preciso obedecer... não arriscaria nem um fio de cabelo dela. Era mister acompanhar o chinês aonde quer que ele fosse. Sim, era uma arapuca, com o objetivo de captura ou morte talvez. Mas a isca era a pessoa que eu mais amava no mundo. Não ousei hesitar.

O que mais me aborrecia era não deixar nenhum recado a Poirot. Se ele seguisse meu rastro, tudo poderia acabar bem! Ousaria arriscar? Ninguém parecia estar me vigiando, mas mesmo assim hesitei. Teria sido tão fácil para o chinês subir e se certificar de que eu obedecia às determinações ao pé da letra. Por que não o fez? Justamente a ausência dele me deixava mais desconfiado. Eu presenciara tantos sinais de onipotência, que creditava aos Quatro Grandes poderes quase sobre-humanos. Por tudo que eu sabia, até mesmo a pequena e maltrapilha ajudante da sra. Pearson poderia ser uma agente infiltrada.

Não, não ousei arriscar. Mas uma coisa eu podia fazer: deixar o telegrama. Então Poirot saberia sobre o desaparecimento de Cinderela e os responsáveis.

Tudo isso passou pela minha cabeça em menos tempo do que leva para contar. Em menos de um minuto, com o chapéu enfiado na cabeça, eu descia as escadas até o hall, onde meu guia aguardava.

O portador da mensagem era um chinês alto, fleumático, de roupa limpa, mas rota. Fez uma reverência e dirigiu-me a palavra. Pronunciava o inglês com apuro, em cadência ligeiramente monótona.

– Capitão Hastings?
– Sim – disse eu.
– Dê-me o bilhete, por favor.

Eu previra o pedido e entreguei o pedaço de papel em silêncio. Mas aquilo não era tudo.

– Recebeu um telegrama hoje, não? Chegou faz pouco? Da América do Sul, não?

Conheci outra vez a excelência de seu sistema de espionagem... ou podia ser um palpite astuto. Era de se esperar que Bronsen me enviasse um telegrama. Foi só aguardar o telegrama ser entregue e atacar logo depois.

Não valia a pena negar o óbvio ululante.
– Sim – disse eu. – Recebi um telegrama.

– Você o pegou? Se não, vá pegar agora.

Rangi os dentes, mas fazer o quê? Subi as escadas correndo. No caminho, pensei em segredar à sra. Pearson, pelo menos sobre o desaparecimento de Cinderela. Ela estava na plataforma entre os dois lances de escadas, mas perto dela estava a ajudante. Hesitei. E se ela *fosse* uma espiã? As palavras do bilhete dançaram na minha frente: "... ela vai sofrer...". Passei à sala de estar sem falar nada.

Apanhei o telegrama e estava prestes a sair de novo quando tive uma ideia. Eu poderia deixar algum sinal que nada revelasse a meus inimigos, mas que Poirot considerasse significativo. Corri até a estante de livros e derrubei quatro livros no chão. Impossível Poirot não percebê-los. Eles perturbariam seus olhos de imediato... com certeza ele acharia estranho, ainda por cima depois daquele pequeno sermão. Depois coloquei uma pá de carvão no fogo e deixei cair quatro pedaços na grelha. Fizera tudo que estava a meu alcance... Oxalá Poirot lesse os sinais corretamente.

Desci correndo outra vez. O chinês pegou o telegrama, leu, enfiou no bolso e, com um meneio de cabeça, sinalizou para eu segui-lo.

Guiou-me numa jornada longa e cansativa. A certa altura, pegamos um ônibus. Depois percorremos boa distância de bonde, sempre rumando invariavelmente a leste. Atravessamos distritos exóticos, com cuja existência eu jamais sonhara. Estávamos perto das docas agora, eu sabia. Percebi que estava sendo levado ao coração de Chinatown.

Estremeci sem querer. Meu guia prosseguiu o caminhar penoso e lento, desviando e dobrando por becos sórdidos e caminhos secretos. Até que enfim parou em frente a uma casa arruinada e bateu vivamente quatro vezes na porta.

De imediato outro chinês abriu a porta e ficou de lado para nos deixar entrar. O clangor da porta atrás de mim foi o dobre fúnebre de minhas últimas esperanças. Caíra mesmo nas mãos do inimigo.

Então fui entregue aos cuidados do segundo chinês. Conduziu-me por escadas raquíticas abaixo até o porão. Repleto de fardos e barris, exalava odores penetrantes de especiarias orientais. Senti-me envolto pela atmosfera do Oriente: tortuosa, ladina, sinistra...

De repente, o guia rolou dois barris para o lado, revelando na parede uma passagem baixa que dava numa espécie de túnel. Com um gesto, indicou que eu entrasse. O túnel era de comprimento razoável, e tive que andar abaixado. No fim, porém, ele se ampliava e desembocava num corredor. Minutos depois, estávamos noutro porão.

O meu guia se adiantou e deu quatro batidas fortes numa das paredes. Uma seção completa da parede girou, abrindo uma entrada estreita. Esgueirei-me por ela e, para minha completa surpresa, descobri-me numa espécie de palácio das Mil e Uma Noites. A câmara baixa e comprida recendia a perfumes e temperos. Tinha luzes brilhantes no teto e suntuosas sedas orientais nas paredes, além de cinco ou seis divãs cobertos com mantas de seda e bonitos tapetes de artesanato chinês. Percebi no fim da sala um recesso acortinado. Detrás da cortina ouviu-se uma voz.

– Trouxe nosso respeitável visitante?

– Excelência, ele está aqui – respondeu o guia.

– Deixe nosso visitante entrar – foi a resposta.

No mesmo instante, mãos invisíveis abriram a cortina e deparei-me com um enorme divã acolchoado. Nele escarrapachava-se um oriental alto e magro, trajando um robe de esplêndida bordadura. O comprimento das unhas indicava tratar-se de alguém importante.

– Sente-se, por favor, capitão Hastings – disse com um aceno de mão. – Que bom que o senhor atendeu a meu pedido e veio logo.

– Quem é você? – perguntei. – Li Chang Yen?

– Decerto que não. Apenas o mais humilde dos servos do mestre. Executo as ordens dele, só isso... como fazem outros servos em outros continentes... na América do Sul, por exemplo.

Dei um passo à frente.

– Onde ela está? O que fizeram com ela?

– Está em lugar seguro... onde ninguém pode encontrá-la. Até agora, está ilesa. Observe que eu disse... *até agora*!

Um arrepio gélido desceu minha espinha enquanto eu confrontava aquele sorriso diabólico.

– O que vocês querem? Dinheiro?

– Meu bom capitão Hastings. Não queremos seu rico dinheirinho, posso lhe garantir. Palpite, com seu perdão, não muito inteligente de sua parte. Seu colega não o teria feito, imagino.

– Suponho – retruquei com severidade – que a intenção era me enredar em sua teia. Bem, já conseguiram. Vim até aqui de olhos abertos. Façam o que quiserem comigo, mas soltem minha esposa. Ela não sabe de nada e já não pode ser mais útil. Vocês a usaram para me capturar... e o fizeram. Isso resolve a questão.

O sorridente oriental acariciou a bochecha macia, olhando-me de soslaio com os olhos puxados.

– Está indo muito rápido – ronronou ele. – A questão não está completamente... resolvida. Na verdade, "capturá-lo", para usar a sua palavra, não é nosso objetivo real. Mas por seu intermédio queremos capturar seu amigo, monsieur Hercule Poirot.

– Tenho minhas dúvidas se vão conseguir – disse eu, com uma risada breve.

– Sugiro o seguinte – continuou o outro, as palavras fluindo como se não tivesse me escutado. – O senhor vai escrever uma carta ao monsieur Hercule Poirot. A carta vai induzi-lo a unir-se ligeirinho ao senhor.

– Não vou fazer nada disso – disse eu com raiva.
– As consequências da recusa serão desagradáveis.
– Que se danem as consequências.
– A alternativa pode ser a morte!

Um arrepio odioso percorreu minha espinha, mas esforcei-me para parecer imperturbável.

– Não vai conseguir me amedrontar. Guarde as ameaças para chineses covardes.

– Minhas ameaças são bem reais, capitão Hastings. Pergunto de novo: vai escrever a carta?

– Não. E tem mais: nem pense em me matar. A polícia logo estaria em seu encalço.

De súbito meu interlocutor bateu palmas. Dois servos chineses apareceram do nada e manietaram meus dois braços. O chefe ordenou algo rápido em chinês. Fui arrastado pelo chão até um canto da grande câmara. Um dos chineses parou, e, de repente, sem qualquer aviso, o chão sumiu sob meus pés. Não fosse pela mão do outro chinês, eu teria caído no sorvedouro, preto como breu. Pude escutar a água turva bufando lá embaixo.

– O rio – disse meu inquisidor no divã. – Pense bem, capitão Hastings. Se recusar outra vez, vai ligeiro para a eternidade, conhecer a morte nas águas escuras. Pela última vez, vai escrever a carta?

Não sou mais corajoso do que a maioria dos homens. Admito com franqueza, eu estava apavorado, lívido de pânico. Aquele demônio chinês falava sério, eu tinha certeza. Era o adeus ao velho e bom mundo. Sem querer, minha voz titubeou um pouco ao responder.

– Pela última vez, não! Para o inferno com sua carta!

Então involuntariamente cerrei os olhos e murmurei uma breve oração.

Capítulo 13

Entra o camundongo

Não muitas vezes na vida, um homem fica à beira da eternidade, mas, quando pronunciei aquelas palavras naquele porão de East End, eu estava perfeitamente certo de que eram as últimas palavras de minha vida. Retesei-me à espera do choque com aquelas águas escuras e tempestuosas e experimentei com antecedência o horror da queda sufocante.

Mas, para minha surpresa, escutei uma risada suave. Abri os olhos. Obedecendo a um sinal do homem do divã, meus dois carcereiros me levaram de novo à cadeira na frente dele.

– É um homem corajoso, capitão Hastings – disse ele. – Nós do Oriente admiramos a coragem. Devo dizer que já esperava que o senhor agisse assim. Isso nos leva ao segundo ato de nosso pequeno drama ensaiado. Enfrentou a própria morte... será que enfrentaria a morte de outra pessoa?

– O que o senhor quer dizer? – indaguei asperamente, um medo horrível tomando conta de mim.

– Certamente não esqueceu a dama em nosso poder... a rosa do jardim.

Fitei-o em agonia silenciosa.

– Acho, capitão Hastings, que o senhor vai escrever a carta. Tenho aqui comigo um formulário de telegrama. O conteúdo da mensagem depende da sua decisão. Pode significar vida ou morte para a sua mulher.

Senti o suor brotar na fronte. Com um sorriso cordial estampado na face, o chinês continuou a me atormentar com calma inabalável:

— Vamos, capitão, pegue a caneta e escreva. Caso contrário...

— Caso contrário? — ecoei.

— Caso contrário, a mulher que o senhor ama vai morrer... e morrer devagarinho. Meu mestre, Li Chang Yen, nas horas vagas se diverte maquinando novos e engenhosos métodos de tortura...

— Meu Deus! — gritei. — Seu demônio! Isso não... não faria isso...

— Quer que eu descreva alguns dos instrumentos?

Sem dar atenção a meu grito de protesto, a conversa — serena, insensível — continuou até eu tapar meus ouvidos com um grito de pavor.

— É suficiente. Pegue a caneta e o papel.

— Não se atreveria...

— Seu discurso é incongruente, e o senhor sabe disso. Pegue a caneta e o papel.

— E se eu escrever?

— Sua esposa é libertada. Na mesma hora enviamos o telegrama.

— Como posso ter certeza de que vão cumprir o prometido?

— Juro pelas tumbas sagradas de meus ancestrais. Além disso, avalie... por que eu quereria fazer mal a ela? A prisão dela terá alcançado o propósito.

— Mas... e Poirot?

— Vamos detê-lo em segurança até concluirmos nossas operações. Então o soltaremos.

— Juraria isso também pelas tumbas de seus ancestrais?

— Já fiz um juramento. É suficiente.

Senti o coração fraquejar. Eu estava traindo meu amigo... para quê? Por um instante hesitei — mas então a terrível alternativa surgiu como um pesadelo perante meus olhos. Cinderela... nas mãos desses demônios chineses, torturada até a morte...

Deixei escapar um gemido. Peguei a caneta. Talvez escolhendo as palavras certas eu pudesse dar um aviso, e Poirot teria condições de não entrar na arapuca. Era a única esperança.

Mas até mesmo essa esperança não durou. A voz do chinês se elevou, polida e cortês.

– Com sua permissão, vou ditar.

Fez uma pausa, consultou um feixe de notas a seu lado e em seguida ditou o seguinte:

– *Caro Poirot, acho que estou no rastro do Número Quatro. Um chinês veio esta tarde e me atraiu até aqui com uma mensagem falsa. Felizmente percebi a enganação a tempo e dei-lhe uma rasteira. Virei o jogo e dei um jeito de fazer também o meu teatrinho... modéstia à parte, com bastante destreza. Esta carta está sendo levada por um moleque esperto. Dê-lhe meia-coroa, certo? Foi o que prometi a ele se a entregasse em segurança. Estou vigiando a casa e não me atrevo a sair daqui. Espero por você até as seis da tarde. Se até essa hora você não chegar, entro sozinho na casa. Não podemos perder essa chance. É claro, talvez o rapaz não o encontre. Mas, se encontrar, peça-lhe para trazê-lo até aqui sem demora. E vê se dá um jeito de disfarçar o seu precioso bigode. Alguém da casa pode estar espiando e reconhecer você. Do seu apressado, A. H.*

Cada palavra que eu escrevia mergulhava-me ainda mais em desespero. A coisa toda era diabolicamente astuta. Percebi até que ponto eles conheciam cada detalhe de nossas vidas. Era o tipo de carta que eu muito bem poderia ter escrito. A menção ao chinês que aparecera à tarde com a intenção de "me atrair" anularia quaisquer efeitos do meu "sinal" dos quatro livros. *Tinha sido* uma arapuca, mas eu percebera a tempo, era isso que Poirot pensaria. O horário também fora planejado com esperteza. Poirot, ao receber o bilhete, teria apenas o tempo de se apressar e seguir o guia de aparência inocente. Eu sabia que ele faria isso. Minha resolução de entrar na casa o traria a toque de caixa. Ele sempre demonstrou uma ridícula desconfiança em minha capacidade. Convencido de que eu corria perigo sem estar à altura da situação, ele se apressaria para tomar as rédeas do caso.

Mas não havia nada a fazer. Escrevi como determinado. Meu sequestrador pegou a carta de minhas mãos, leu, balançou a cabeça em aprovação e a entregou a um dos silenciosos ajudantes, que desapareceu com ela por trás de uma das cortinas de seda, que escondia uma passagem na parede.

Com um sorriso, o homem à minha frente apanhou um formulário de telegrama, preencheu e me mostrou.

Dizia: "Solte o passarinho branco com toda a pressa".

Dei um suspiro de alívio.

– Vai enviá-lo agora? – frisei.

Sorriu, meneando a cabeça.

– Só quando o sr. Hercule Poirot estiver em minhas mãos. Antes não.

– Mas você prometeu...

– Se o estratagema não der certo, ainda posso precisar de nosso passarinho branco... para persuadi-lo a novos esforços.

Fiquei vermelho de raiva.

– Meu Deus! Se você...

O chinês abanou a mão comprida e magra.

– Fique tranquilo, vai dar tudo certo. Assim que o sr. Poirot estiver em nossas mãos, cumprirei a promessa.

– Se estiver mentindo...

– Jurei por meus honrados ancestrais. Não tenha medo. Nesse meio-tempo relaxe. Meus criados irão atendê-lo na minha ausência.

Fui deixado sozinho nesse estranho e luxuoso ninho subterrâneo. O segundo criado chinês reaparecera. Um deles trouxe comida e bebida e me ofereceu, mas recusei com um gesto. Estava enojado... enojado... até o tutano dos ossos...

Então de súbito o mestre ressurgiu, alto e majestoso no robe de seda. Comandou as operações. Por ordem dele, fui empurrado através do porão e do túnel até chegar à casa em que eu entrei. Lá me levaram a uma sala do térreo. As janelas estavam fechadas, mas era possível enxergar a rua pelas frestas das venezianas. Um velho maltrapilho andava no outro lado da rua, como quem não quer nada. Avistei-o fazendo sinal para a janela e percebi que era alguém do bando fazendo guarda.

– Ótimo – disse o camarada chinês. – Hercule Poirot vai entrar na arapuca. Está chegando agora... sozinho, com exceção do menino que o guiou. Muito bem, capitão Hastings. O senhor tem outro papel para encenar. Se o senhor não aparecer, ele não vai entrar na casa. Quando ele estiver do outro lado da rua, deve aparecer na entrada da casa e chamá-lo.

– O quê?! – exclamei, revoltado.

– Esse papel é seu e só seu. Lembre-se do preço do fracasso. Se Hercule Poirot suspeitar de algo errado e não entrar na casa, sua mulher sucumbe pelas Setenta Mortes Excruciantes! Ah! Lá está ele.

Com o coração na boca e um sentimento de náusea mortal, espiei pelas frestas da veneziana. Na hora reconheci o vulto do outro lado da rua, apesar da gola do casaco erguida e do enorme cachecol amarelo tapando a parte inferior do rosto. Mas o jeito de andar e a postura da cabeça ovalada eram inconfundíveis.

Poirot chegava para me ajudar com toda boa-fé, sem suspeitar de nada errado. A seu lado caminhava um típico moleque londrino, o rosto encardido e a roupa em farrapos.

Poirot estacou e relanceou o olhar em direção a casa. O menino falou com ansiedade e apontou o dedo. Hora de agir. Ganhei o hall. Ao sinal do chinês alto, um dos criados destrancou a porta.

– Lembre-se do preço do fracasso – disse o inimigo com voz baixa.

Vi-me lá fora no degrau da porta. Chamei Poirot com um aceno. Ele atravessou a rua com pressa.

– Arrá! Então está tudo bem com você, meu caro. Começava a ficar receoso. Conseguiu entrar? Então a casa está vazia?

– Sim – disse eu, em tom baixo, querendo soar natural. – Deve haver uma passagem secreta em algum lugar. Entre e vamos dar uma olhada.

Dei um passo para trás do limiar. Com toda a inocência, Poirot preparou-se para me seguir.

E então algo pareceu estalar em minha cabeça. Vi com clareza o que estava fazendo: o papel de Judas.

– Fuja, Poirot! – gritei. – Fuja por sua vida. É uma cilada. Não se importe comigo. Fuja agora.

Mal terminei de falar – ou melhor, de gritar meu aviso, mãos me seguraram como mordentes de um torno. Outro criado chinês passou por mim para pegar Poirot.

Com a mesma pressa que avançou, recuou com o braço levantado. No instante seguinte, vi-me cercado por um denso volume de fumaça... sufocante... fatal...

Senti-me desfalecendo... asfixiando... era a morte...

***

Recuperei a consciência de modo lento e doloroso... todos os meus sentidos confusos. A primeira coisa que vi foi Poirot. Estava sentado à minha frente com o rosto angustiado. Soltou uma exclamação de alegria ao perceber que eu abrira os olhos.

— Ah, você ressuscita!... Volta a si... está tudo bem! Meu amigo... meu pobre amigo!

— Onde estou? – perguntei com dificuldade.

— Onde? Mas *chez vous*!

Relanceei os olhos ao redor. Para minha surpresa, reconheci o velho ambiente familiar. Na grade da lareira, os quatro pedaços de carvão que eu despejara ali com o maior cuidado.

Poirot acompanhou meu olhar.

— Mas que ideia de primeira... e a dos livros também. Olhe, se um dia alguém me dissesse: "Aquele seu amigo, o tal de Hastings... não é muito inteligente, não é verdade?" Responderia: "Aí que vocês se enganam". Ideia magnífica, soberba!

— Então você entendeu o significado?

— Por acaso sou imbecil? Claro que entendi. Era o aviso de que eu precisava; me deu tempo para amadurecer meus planos. De um jeito ou de outro os Quatro Grandes tinham lhe raptado. Com que objetivo? É óbvio, não seria por conta de seus *beaux yeux*... nem tampouco porque o temiam nem porque o queriam fora do caminho. Não: o objetivo deles era claro. Você serviria de isca para colocarem as garras no grande Hercule Poirot. Há muito tempo me preparo para algo parecido. Faço meus pequenos preparativos, até que a mensagem chega... um moleque de rua de aparência inocente. Finjo que acredito em tudo e me apresso a segui-lo. Golpe de muita sorte você ter aparecido no degrau da porta. Meu medo era esse, que eu tivesse de eliminá-los antes de chegar onde você estivesse escondido e que eu precisasse tentar achá-lo depois... em vão talvez.

— Como assim, eliminá-los? – indaguei com voz fraca. – Sozinho?

— Ah, não há nada de muito esperto nisso. Quando se está sempre alerta, tudo se torna simples. Sempre alerta: não é esse o lema dos escoteiros? Lema perfeito. Tenho estado alerta. Há não muito tempo, prestei um serviço a um químico muito famoso, que durante a guerra trabalhara com gás venenoso. Ele projetou uma granada para mim, simples e fácil de carregar. A única coisa a fazer é jogar e puf! Fumaça... e então a perda da consciência. Na mesma hora assobio, e num piscar de olhos alguns dos espertos camaradas de Japp, que vigiavam a casa aqui bem antes de o menino chegar e que trataram de nos seguir todo o percurso até Limehouse, aparecem e tomam conta da situação.

– Mas como foi que você não perdeu a consciência também?

– Outro golpe de sorte. Nosso amigo Número Quatro (que com certeza é o autor daquela inventiva carta) se permitiu um pequeno gracejo com meu bigode, o que veio bem a calhar. Assim pude ajustar a máscara respiratória sob o disfarce do cachecol amarelo.

– Eu me lembro – exclamei ansioso. E então, com a palavra "lembro", todo o horror espectral temporariamente esquecido veio à tona. *Cinderela...*

Caí para trás com um gemido.

Devo ter perdido de novo a consciência por dois minutos. Acordei com Poirot me fazendo beber um pouco de conhaque.

– O que houve, *mon ami*? Mas então... o que está acontecendo? Conte-me.

Palavra por palavra, contei a história toda, estremecendo ao fazê-lo. Poirot soltou uma exclamação.

– Meu amigo! Meu amigo! Como deve ter sofrido! E eu que não tinha nem ideia disso! Mas fique tranquilo! Está tudo bem!

– Quer dizer que vai encontrá-la? Mas ela está na América do Sul. E até chegarmos lá... bem antes disso, ela vai estar morta. E só Deus sabe de que modo horrível.

– Não, não... você não compreende. Ela está sã e salva. Nunca esteve nas mãos deles, nem por um instante sequer.

– Mas recebi um telegrama de Bronsen!

– Não, não recebeu. Pode ter recebido um telegrama da América do Sul, com a assinatura de Bronsen... isso é uma coisa bem diferente. Diga-me, nunca pensou que uma organização dessa espécie, com tentáculos no mundo todo, poderia facilmente nos atingir por meio de Cinderela, a ruivinha que você adora tanto?

– Nunca – respondi.

– Bem, eu pensei. Não lhe contei nada, pois não queria incomodá-lo sem necessidade... mas tomei medidas por conta própria. Todas as cartas de sua mulher parecem ter sido escritas da fazenda, mas na realidade há mais de três meses ela está num lugar seguro, num arranjo idealizado por mim.

Fitei-o por bastante tempo.

– Tem certeza disso?

– *Parbleu!* Claro que tenho. Eles o torturaram com mentiras!

Desviei o olhar. Poirot descansou a mão em meu ombro. Havia algo em sua voz que eu nunca escutara antes.

– Sei muito bem que você não gosta de abraços nem de demonstrações de afeto. Vou ser bastante britânico. Não vou falar nada... nada mesmo. Só uma coisa: nesta última aventura, os méritos são todos seus! Sorte de quem tem um amigo como o que eu tenho!

Capítulo 14

A loira oxigenada

Eu estava muito decepcionado com os resultados do ataque a bomba de Poirot nas dependências de Chinatown. Em primeiro lugar, o líder da gangue escapara. Quando os homens de Japp acorreram em resposta ao assobio de Poirot, encontraram quatro chineses desmaiados no hall, mas o homem que me ameaçara de morte não estava entre eles. Mais tarde, lembrei-me que, ao ser induzido a aparecer no degrau da porta, servindo de isca para atrair Poirot para o interior da casa, o homem ficara bem na retaguarda. Presume-se que ele estivesse fora da zona de perigo da bomba de gás e que tenha fugido por uma das inúmeras saídas reveladas depois.

Dos quatro que ficaram em nosso poder não conseguimos extrair nenhuma informação. A mais ampla investigação policial não conseguiu provar quaisquer conexões entre eles e os Quatro Grandes. Eram trabalhadores comuns, residentes no distrito, e alegaram nunca ter escutado o nome Li Chang Yen. Um cavalheiro chinês os contratara para trabalhar na casa à beira-rio, e eles não sabiam de nada sobre seus negócios particulares.

No dia seguinte, à exceção de uma leve dor de cabeça, havia me recuperado dos efeitos da bomba de gás de Poirot. Juntos, descemos até Chinatown e vasculhamos a casa onde eu fora resgatado. O local consistia em duas casas periclitantes e intercomunicáveis por uma passagem subterrânea. Os térreos e os andares superiores das duas estavam sem mobília e abandonados, as janelas quebradas cobertas por venezianas em ruínas. Japp estivera dando uma espiada nos porões e descobrira a entrada secreta para a câmara subterrânea onde eu passara aquela meia hora tão desagradável. Uma investigação mais detalhada confirmou a impressão que eu tivera na noite anterior. As sedas das paredes e divãs e os tapetes do piso eram de requintada manufatura. Embora eu conhecesse muito pouco sobre arte chinesa, tinha avaliado que cada item daquele aposento era impecável.

Com o auxílio de Japp e sua equipe, fizemos um pente-fino no apartamento. Eu acalentara esperanças de que pudéssemos encontrar documentos importantes. Talvez uma lista dos mais importantes agentes dos Quatro Grandes ou anotações cifradas de seus planos, mas nada parecido foi descoberto. Os únicos papéis encontrados em todo o lugar foram as notas que o chinês consultara enquanto ditava a minha carta a Poirot. As anotações continham o registro integral de nossas trajetórias profissionais, uma avaliação de nossas personalidades e sugestões sobre os pontos fracos que poderiam ser explorados.

Poirot ficou infantilmente deliciado com essa descoberta. De minha parte, eu não conseguia entender que valor aquilo poderia ter, em especial porque, seja lá quem fosse o compilador das notas, estava ridiculamente enganado em algumas de suas opiniões. Ao voltarmos à nossa base, mencionei o fato a meu amigo.

– Meu prezado Poirot – disse –, agora sabemos o que os inimigos pensam sobre nós. Parecem ter exagerado grosseiramente o seu poder cerebral e absurdamente subestimado o meu. Mas não vejo como é possível utilizar essas informações.

Poirot deu uma risadinha um tanto ofensiva.

– Então não vê, Hastings? Agora com certeza podemos nos preparar para alguns de seus métodos de ataque, agora que estamos cientes de algumas de nossas falhas. Por exemplo, meu amigo, sabemos que você deve pensar antes de agir. Ou seja, se encontrar uma jovem ruiva em apuros, deve ficar... como se diz... com um pé atrás, não é?

As anotações deles continham certas referências absurdas à minha suposta impulsividade e davam a entender que eu era suscetível aos encantos de mulheres jovens de cabelo com certa tonalidade. Considerei a alusão de Poirot o cúmulo do mau gosto, mas felizmente eu estava em condições de fazer o contragolpe.

— E o que dizer de você? — quis saber eu. — Vai tentar curar suas "vaidades exacerbadas"? Suas "minúcias meticulosas"?

Eu estava citando e percebi que ele não estava nem um pouco satisfeito com minha réplica mordaz.

— Ah, sem dúvida, Hastings, em alguns pontos eles se enganam... *tant mieux*! Vão saber no devido tempo. Entrementes, aprendemos algo, e saber é estar sempre alerta.

Ultimamente esse era seu lema favorito; tanto que eu já não aguentava mais ouvi-lo.

— Sabemos um bocado, Hastings — continuou ele. — Sim, sabemos um bocado (e isso é bom), mas não o suficiente. Precisamos saber mais.

— Em que sentido?

Poirot acomodou as costas na cadeira, endireitou uma caixa de fósforos que eu jogara descuidadamente na mesa e adotou a postura que eu conhecia tão bem. Percebi que ele se preparava para entrar em detalhes.

— Veja bem, Hastings, temos que enfrentar quatro adversários, isto é, quatro personalidades distintas. Com o Número Um, nunca tivemos contato pessoal... o conhecemos, por assim dizer, apenas pela impressão indelével de sua mente. E, diga-se de passagem, Hastings, afirmo que começo a entender esse cérebro como a palma da mão (um cérebro mais sutil e oriental). Todos os estratagemas e ardis que encontramos emanaram da mente de Li Chang Yen. Número Dois e Número Três, com seus poderes inigualáveis e suas posições influentes, hoje estão imunes a nossas investidas. No entanto, por capricho do destino, a sua salvaguarda é também a nossa. Sua fama é tanta que seus movimentos precisam ser cautelosamente pensados. E então chegamos ao último componente da quadrilha... o homem conhecido como Número Quatro.

A voz de Poirot alterou-se um pouco, como sempre acontecia quando ele falava sobre esse indivíduo em particular.

– Número Dois e Número Três são capazes de alcançar o sucesso, de continuarem incólumes em suas trajetórias, por conta da notoriedade e da posição garantida. Já o Número Quatro é bem-sucedido pela razão oposta: a obscuridade é a chave do sucesso. Quem é ele? Ninguém sabe. Qual a sua aparência física? Ninguém sabe outra vez. Quantas vezes já o enxergamos, você e eu? Cinco vezes, não é? E podemos afirmar com honestidade que somos capazes de reconhecê-lo?

Fui forçado a balançar a cabeça, enquanto lembrava daquelas cinco pessoas diferentes que, por incrível que parecesse, eram um único e mesmo homem. O efusivo atendente do hospício; o homem no casaco abotoado até o colarinho em Paris; James, o lacaio; o jovem e ponderado médico no caso do jasmim-amarelo; e o professor russo. De modo algum, dois desses personagens se pareciam entre si.

– Não – respondi com desânimo. – Não temos por onde começar.

Poirot sorriu.

– Por favor, não se entregue a um desespero tão entusiástico. Sabemos uma ou duas coisas.

– Que tipo de coisa? – perguntei, com ceticismo.

– Sabemos que é um homem de estatura mediana, de tez clara. Se fosse alto de pele trigueira, jamais teria se passado pelo médico branquela e atarracado. Claro, é brincadeira de criança acrescentar dois ou três centímetros para o papel de James ou do professor. Da mesma forma, deve ter um nariz curto e reto. Com maquiagem habilidosa é possível aumentar um nariz pequeno, mas um narigão não pode ser reduzido com sucesso de uma hora para outra. Além disso, deve ser um homem jovem, com menos de 35 anos. Como pode ver, estamos chegando a algum lugar. Um homem entre trinta e 35 anos, de estatura mediana, tez clara, adepto da arte da maquiagem, com poucos ou nenhum dente verdadeiro.

– O quê?

– Com certeza, Hastings. No funcionário do hospício, os dentes eram quebrados e amarelos; em Paris, parelhos e brancos; no médico, um pouco projetados à frente; e Savaronoff tinha caninos estranhamente compridos. Nada modifica tanto a cara como uma dentadura diferente. Percebe aonde isso nos leva?

– Não exatamente – disse eu, com cautela.

– Um homem traz sua profissão escrita na cara, costumam dizer.

– Ele é um criminoso – exclamei.

– Ele é um adepto da arte da maquiagem.

– É a mesma coisa.

– Afirmação deveras impulsiva, Hastings. Dificilmente seria apreciada no meio teatral. Não percebe que esse homem é (ou já foi algum dia) ator?

– Ator?

– Mas sem dúvida. Domina a técnica toda na ponta dos dedos. Por outro lado, existem duas estirpes de atores: os que encarnam o papel e os que imprimem a própria personalidade a ele. É dessa última estirpe que normalmente brotam atores e atrizes que produzem e estrelam suas próprias produções. Agarram uma personagem e moldam à sua própria personalidade. Já os da primeira estirpe têm boas chances de passar seus dias imitando mr. Lloyd George* em diferentes teatros de variedades ou personificando velhos barbudos em peças de repertório. É nessa estirpe que devemos procurar o Número Quatro. É um artista supremo, pois literalmente encarna o papel.

Eu começava a ficar interessado.

– Então imagina ser possível rastrear a identidade dele por meio da conexão com o palco?

– Seu raciocínio é sempre brilhante, Hastings.

– Teria sido melhor – disse eu friamente – se a ideia tivesse lhe ocorrido antes. Perdemos muito tempo.

– Engana-se, *mon ami*. Perdemos só o tempo inevitável. Há alguns meses meus agentes trabalham nisso. Inclusive Joseph Aarons. Lembra-se dele? Compilaram uma lista de homens que preenchem as qualificações necessárias. Homens jovens com cerca de trinta anos, de aparência mais ou menos indefinida e com talento para interpretar diferentes papéis. Além disso, homens que ao longo dos últimos três anos não têm subido ao palco.

– E então? – perguntei, bastante interessado.

– A lista era, necessariamente, muito longa. Já há algum tempo estamos executando a tarefa de eliminação. E, no frigir dos ovos, chegamos a quatro nomes. Ei-los, meu caro.

Passou-me uma folha de papel. Li em voz alta:

– Ernest Luttrell. Filho de um pastor de North Country. Sempre teve algum tipo de desvio na constituição moral. Expulso da escola pública. Ator profissional desde os 23 anos. (Então vinha uma lista dos papéis que ele encenara, com locais e datas.) Viciado em drogas. Supostamente transferiu-se para a Austrália há quatro anos. Depois de sair da Inglaterra, não deixou vestígios. Idade, 32 anos, um metro e 79, não usa barba nem bigode, cabelos castanhos, nariz reto, tez clara, olhos cinzentos.

---

* Único político galês a ocupar o cargo de primeiro-ministro do Reino Unido (1916-1922). (N.T.)

"– John St. Maur. Nome fictício. Nome verdadeiro desconhecido. Provável origem cockney. Ator desde criança. Fez interpretações em teatro de variedades. Não é visto há três anos. Idade em torno de 33 anos, um metro e 78, compleição magra, olhos azuis, pele clara.

"– Austen Lee. Nome fictício. Nome verdadeiro Austen Foly. Família tradicional. Sempre gostou de interpretar e destacou-se no ofício em Oxford. Magnífica folha de serviços na guerra. Atuou em... (Segue-se a lista costumeira; incluía temporadas em peças de repertório, em que os atores exercem diferentes papéis em dias diferentes.) Apaixonado por criminologia. Teve um colapso nervoso como consequência de um acidente de carro há três anos e meio e desde então sumiu dos palcos. Nenhuma pista sobre seu paradeiro atual. Idade, 35 anos, um metro e 77, tez clara, olhos azuis, cabelos castanhos.

"– Claud Darrell. Suposto nome verdadeiro. Origem um tanto misteriosa. Atuou no teatro de variedades e também em teatro de repertório. Parece não ter tido amigos íntimos. Esteve na China em 1919. Retornou ao Ocidente pelos Estados Unidos. Atuou em alguns papéis em Nova York. Uma noite não subiu ao palco, e desde então ninguém ouviu falar dele. A polícia de Nova York afirma ter sido um desaparecimento muito misterioso. Idade em torno de 33 anos, cabelos castanhos, tez clara, olhos cinzentos. Um metro e 79."

Baixei o papel e completei:

– Muito interessante. Então esse é o resultado de meses de investigação? Quatro nomes. De qual deles você suspeita?

Poirot fez um gesto eloquente.

– *Mon ami*, por enquanto essa questão está em aberto. Eu apenas salientaria a você que Claud Darrell esteve na China e na América... fatos significantes, talvez, mas não devemos nos permitir assumir preconceitos sem razão por conta desse detalhe. Pode ser mera coincidência.

– E o próximo passo? – indaguei, ansioso.

– Tudo está em andamento. Todos os dias vão aparecer anúncios cuidadosamente redigidos. Amigos e parentes de um ou de outro serão convidados a comparecer no gabinete de meu advogado. Hoje mesmo talvez... Arrá! O telefone! Como sempre, é engano e vão se desculpar pelo incômodo, mas pode ser (sim, pode ser) que tenha surgido algo.

Atravessei a sala e atendi.

– Sim, sim. Aposentos do monsieur Poirot. Sim, é o capitão Hastings. Ah, como vai, sr. McNeil (McNeil & Hodgson eram os advogados de Poirot). Dou o recado. Sim, estamos indo aí agora.

Pus o fone no gancho e virei para Poirot, os olhos dançando de empolgação.

– Uma garota está no escritório deles. Amiga de Claud Darrell. Srta. Flossie Monro. McNeil solicita sua presença.

– Agora mesmo! – exclamou Poirot, entrando no quarto e reaparecendo de chapéu.

Um táxi logo nos levou ao destino, e fomos introduzidos sem demora na sala particular do sr. McNeil. Na cadeira de braços na frente da mesa do advogado, estava uma dama de aparência vistosa, não mais na flor da idade. O seu cabelo era de um amarelo impossível, prolífico em cachinhos sobre as orelhas; usara sombra preta nas pálpebras e em hipótese alguma esquecera do blush e do batom.

– Ah, eis monsieur Poirot! – disse o sr. McNeil. – Monsieur Poirot, esta é a senhorita... er... Monro, que teve a delicadeza de vir até aqui nos dar algumas informações.

– Ah, mas quanta gentileza! – exclamou Poirot.

Deu um passo à frente com grande *empressement* e apertou a mão da mulher calorosamente.

– A senhorita parece uma rosa entreaberta no deserto desse velho gabinete – acrescentou ele, ignorando os sentimentos do sr. McNeil.

Essa lisonja escancarada surtiu efeito. A srta. Monro corou e riu de modo afetado.

– Ah, deixe disso, monsieur Poirot! – exclamou ela. – Conheço vocês, franceses...

– Mademoiselle, não silenciamos diante da beleza como os britânicos. Não que eu seja francês... sou belga com orgulho.

– Já estive em Ostende – respondeu a srta. Monro.

A coisa toda, como diria Poirot, ia às mil maravilhas.

– Então a senhorita pode nos dizer algo sobre o sr. Claud Darrell? – continuou Poirot.

– Já fui bem chegada ao sr. Darrell – explicou a mulher. – Vi o anúncio e, sem trabalhar no momento, dona de meu próprio tempo, disse comigo: olhe só, querem saber notícias do pobre e velho Claudie... advogados... talvez seja uma fortuna procurando o herdeiro certo. É melhor ir logo até lá.

O sr. McNeil levantou-se.

– Bem, monsieur Poirot, devo deixá-lo conversar um pouco com a srta. Monro?

– O senhor é muito amável. Mas pode ficar... tive uma ideiazinha das minhas. A hora do *déjeuner* se aproxima. Mademoiselle me dará a honra de almoçar comigo?

Os olhos da srta. Monro cintilaram. Ocorreu-me que ela estivesse em apuros financeiros e não cogitaria perder a oportunidade de uma refeição completa.

Minutos depois, estávamos todos no táxi rumo a um dos mais caros restaurantes de Londres. Chegando lá, Poirot encomendou pratos deliciosos ao garçom e então volveu o olhar para nossa convidada.

– E para beber, mademoiselle? Que tal champagne?

Srta. Monro não disse nada... ou tudo.

A refeição começou agradável. Poirot completava a taça da loira com zelosa assiduidade e gradualmente foi abordando o assunto desejado.

– Pobre sr. Darrell. Que pena não estar conosco.

– Sim, é verdade – suspirou a srta. Monro. – Coitado, fico pensando que fim ele levou.

– Faz tempo que vocês não se veem?

– Ah, faz décadas... desde a guerra. Ele era um rapaz engraçado, Claudie. Muito reservado, nunca contava nada sobre si. Mas, é claro, faz sentido ele ser um herdeiro não localizado. Ele ganhou um título, sr. Poirot?

– Ah, apenas uma herança – disse Poirot sem ruborizar. – Mas sabe, senhorita, pode ser um caso de identificação. Por isso é necessário encontrar alguém que o conheça realmente muito bem. A senhorita o conhecia muito bem, não conhecia?

– Não me importo em lhe contar, sr. Poirot. O senhor é um cavalheiro. Sabe como pedir um almoço a uma dama... o que já é bem mais do que esses fedelhos metidos a importantes fazem hoje em dia. Baixeza absoluta, sabe. Como eu dizia, o senhor, sendo francês, não ficará chocado. Ah, vocês, franceses! Levados, levados! – E balançou o dedo para ele num assomo de brejeirice. – Bem, lá estávamos nós, Claudie e eu, dois jovens... o que mais seria de se esperar? Ainda o quero bem. Embora, falando a verdade, ele não tenha me tratado bem... não... ele não me tratou nem um pouco bem. Não como uma dama deve ser tratada. Eles são sempre iguais quando o assunto é dinheiro.

– Não, mademoiselle, não diga isso – protestou Poirot, enchendo a taça dela outra vez. – A senhorita pode agora me descrever o sr. Darrell?

– Ele não chamava muita atenção – disse Flossie Monro, com jeito sonhador. – Nem alto nem baixo, sabe, mas com físico bem delineado. Roupa sempre alinhada.

Olhos azul-acinzentados. Cabelos castanho-claros, se não me engano. Ah, mas que ator! *Eu* nunca vi ninguém chegar aos pés dele na profissão! Ele já teria ficado famoso a esta altura se não fosse a inveja... Ah, sr. Poirot, a inveja... não acreditaria, realmente não, no que nós do meio artístico sofremos por causa da inveja. Uma vez em Manchester...

Demonstramos toda a paciência possível em ouvir uma história longa e complicada sobre uma pantomima e a conduta infame do ator principal. Então Poirot a fez retornar gentilmente ao assunto de Claud Darrell.

– Muito interessante tudo isso que a senhorita nos contou sobre o sr. Darrell, mademoiselle. As mulheres são observadoras tão maravilhosas... não deixam passar nada, percebem tudo, até o pequeno detalhe que escapa aos simples olhos masculinos. Já vi uma senhora identificar um homem no meio de uma dúzia de outros... E pergunto: como? Ela o reconheceu pela mania dele de coçar o nariz quando estava nervoso. Agora me diga, que homem pensaria em notar uma coisa dessas?

– Não é mesmo? – exclamou a srta. Monro. – Suponho que nós mulheres notamos as coisas. Pensando bem, agora que o senhor falou, lembro-me de Claudie sempre brincando com o pão na mesa. Ele pegava um pedacinho do miolo entre os dedos, então fazia uma bolinha para juntar migalhas. Vi ele fazendo isso umas cem vezes. Puxa, eu o reconheceria em qualquer lugar só por esse tique.

– Não é o que eu acabo de dizer? A maravilhosa observação feminina. E a senhorita alguma vez mencionou a ele sobre esse hábito, mademoiselle?

– Não, nunca, sr. Poirot. Sabe como são os homens! Não gostam de quem nota as coisas... ainda mais quando parece uma crítica. Eu nunca disse uma palavra sequer... mas muitas vezes sorri comigo mesma. Ainda bem, ele nunca se deu conta do que fazia.

Poirot gentilmente fez que sim com a cabeça. Quando esticou o braço para pegar sua taça, observei que a mão dele tremia um pouco.

– Além disso, há sempre a caligrafia como modo de estabelecer a identidade – observou. – Sem dúvida a senhorita deve ter guardado alguma carta escrita pelo sr. Darrell?

Flossie Monro meneou a cabeça com pesar.

– Ele nunca foi muito de escrever. Nunca me escreveu uma linha sequer.

– Que pena – disse Poirot.

– Mas sabe duma coisa? – disse a srta. Monro de repente. – Tenho uma foto. Será que ajuda?

– A senhorita tem uma fotografia?

Poirot quase pulou da cadeira de empolgação.

– É bem antiga... de pelo menos uns oito anos atrás.

– *Ça ne fait rien*! Não importa se for velha e apagada! *Ma foi*, mas que sorte estupenda! Vai me permitir examinar essa fotografia, mademoiselle?

– Ora, claro que sim.

– Talvez a senhorita me permita inclusive fazer uma cópia? Não vai demorar.

– Como o senhor quiser.

A srta. Monro levantou-se.

– Bem, devo me apressar – declarou, insidiosa. – Foi um prazer conhecer o senhor e seu amigo, sr. Poirot.

– E a foto? Quando posso vê-la?

– Vou procurá-la hoje à noite. Acho que sei onde ela está. Assim que achá-la a envio imediatamente.

– Mil vezes obrigado, mademoiselle. A senhorita é tudo o que existe de mais amável. Espero que em breve possamos combinar outro almoço juntos.

– Será um prazer – disse a srta. Monro. – Vou esperar.

– Deixe-me ver, acho que não tenho o seu endereço?

Com grande estilo, a srta. Monro tirou um cartão de sua bolsa de mão e o entregou a ele. Era um papel um tanto sujo, e o endereço original havia sido riscado e substituído por outro escrito a lápis.

Então, com um bom repertório de mesuras e gestos da parte de Poirot, despedimo-nos da mulher e fomos embora.

– Pensa mesmo que essa foto possa ser assim tão importante? – perguntei a Poirot.

– Sim, *mon ami*. A câmera não mente. É possível ampliar uma fotografia e salientar pontos que, de outra forma, passariam despercebidos. Sem falar no universo de detalhes, tais como a estrutura das orelhas, que ninguém jamais consegue descrever em palavras. Ah, sim, é uma chance única, esta que apareceu em nosso caminho! Por isso, proponho tomarmos medidas de precaução.

Ao terminar a frase, cruzou a sala e pediu uma ligação com um número que eu conhecia: uma agência de detetives particulares que às vezes ele contratava. As instruções de Poirot foram claras e categóricas. Dois homens deviam ir ao endereço dado por ele e, em termos gerais, cuidar da segurança da srta. Monro. Deviam segui-la aonde quer que ela fosse.

Poirot colocou o fone no gancho e voltou ao meu lado.

– Acha isso mesmo necessário, Poirot? – perguntei.

– Pode ser. Não há dúvida de que você e eu somos vigiados, e, sendo assim, logo eles vão ficar sabendo com quem almoçamos hoje. E é possível que o Número Quatro fareje perigo no ar.

Cerca de vinte minutos depois, o telefone tocou. Eu atendi. Do outro lado falou uma voz áspera.

– É o sr. Poirot? Aqui é do Hospital St. James. Uma jovem mulher foi trazida aqui há dez minutos. Acidente de trânsito. Srta. Flossie Monro. Ela está chamando com urgência o sr. Poirot. Mas ele precisa vir logo. Talvez ela não resista.

Repeti as palavras a Poirot. Seu rosto ficou lívido.

– Rápido, Hastings. Precisamos ir voando.

Um táxi nos levou ao hospital em menos de dez minutos. Perguntamos pela srta. Monro e fomos levados imediatamente à ala de pronto-socorro. Mas uma freira de véu branco nos encontrou na entrada.

Poirot leu as notícias no olhar dela.

– Acabou, não?

– Faleceu seis minutos atrás.

Poirot ficou aturdido.

A enfermeira, interpretando mal a emoção dele, começou a conversar com delicadeza.

– Ela não sofreu, ficou inconsciente até o fim. Ela foi atropelada por um carro... sabe... e o motorista nem ao menos parou. Que malvadeza, não? Espero que alguém tenha anotado a placa.

– Os astros lutam contra nós – disse Poirot em voz baixa.

– Gostaria de vê-la?

A freira tomou a frente, e fomos atrás dela.

Pobrezinha da Flossie Monro, as bochechas vermelhas de ruge e a cabeleira oxigenada. Jazia em paz, um sorrisinho nos lábios.

– Sim – murmurou Poirot. – Os astros lutam contra nós... mas serão os astros? – Levantou a cabeça como se tivesse tido uma ideia. – Serão os astros, Hastings? Pois senão... eu juro, meu caro, ao lado do corpo desta pobre mulher, que ao chegar a hora não terei piedade!

– O que você quer dizer? – perguntei.

Mas Poirot voltou-se para a enfermeira pedindo informações ansiosamente. Enfim, obteve uma lista de artigos encontrados na bolsa de mão da falecida. Ele soltou uma exclamação abafada ao ler a lista.

– Não percebe, Hastings?

– Percebe o quê?

– Não há menção a uma chave da casa. Mas ela devia ter uma chave da casa. Sim, ela foi assassinada a sangue frio, e a primeira pessoa que se inclinou sobre o corpo pegou a chave da bolsa. Mas talvez cheguemos a tempo. Pode ser que ele não consiga achar logo o que procura.

Outro táxi nos conduziu ao endereço dado por Flossie Monro, um ordinário conjunto de solares num bairro repugnante. Demorou um pouco até conseguirmos acesso ao apartamento da srta. Monro, mas tivemos ao menos a satisfação de saber que ninguém poderia ter saído enquanto estávamos de guarda lá fora.

Finalmente entramos. Era óbvio que alguém estivera ali antes de nós. Os conteúdos das gavetas e dos armários estavam esparramados no chão. Fechaduras forçadas, mesinhas viradas de pernas para cima, tal a violência e a pressa do vasculhador.

Poirot começou a procurar em meio ao entulho. De repente ficou em pé e gritou, segurando algo. Um porta-retrato antiquado... e vazio.

Ele virou-o lentamente. Afixada nas costas havia uma pequena etiqueta redonda... uma etiqueta de preço.

– Quatro xelins – comentei.

– *Mon Dieu*! Hastings, use os olhos. A etiqueta está nova em folha. Foi colada aí pelo homem que retirou a fotografia, o homem que esteve aqui antes de nós, mas sabia que viríamos e nos deixou isso: Claud Darrell, também conhecido por Número Quatro.

Capítulo 15

A horrível catástrofe

Depois da trágica morte da srta. Flossie Monro, comecei a perceber uma alteração em Poirot. Até aqui, sua confiança inabalável em si próprio estivera à altura do teste. Mas agora ele parecia sentir o longo período de tensão. Andava sério e macambúzio, com os nervos à flor da pele, tão sobressaltado quanto um gato. Sempre que possível, evitava toda e qualquer discussão sobre os Quatro Grandes, entregando-se ao trabalho comum com quase o mesmo ardor de antigamente. Entretanto, eu sabia que ele continuava secretamente ativo na questão suprema. Eslavos de aparência singular apareciam a toda hora para vê-lo. Embora ele não concedesse qualquer explicação sobre essas atividades misteriosas, concluí que estava armando uma nova defesa ou arma de oposição com a ajuda daqueles estrangeiros de aparência um tanto repulsiva. Uma vez, por puro acaso, relanceei o olhar nos apontamentos da sua caderneta bancária. Ele me pedira para checar um item pequeno... e eu notei o pagamento de uma enorme quantia (enorme até mesmo para Poirot que ganhava muito bem) para um russo com quase todas as letras do alfabeto no nome.

Mas ele não me deu pista sobre a linha de ação em que estava operando. Apenas repetia uma frase sem parar. "É um erro subestimar o adversário. Lembre-se disso, *mon ami*." E me dei conta: ele queria evitar a qualquer preço a queda no alçapão.

Assim o caso continuou até o fim de março, quando certa manhã Poirot afirmou algo que me deixou bastante espantado.

– Meu caro, hoje de manhã o aconselho a vestir seu melhor terno. Vamos visitar o ministro do Interior.*

– Verdade? Isso é muito estimulante. Ele o convocou para acompanhar algum caso?

– Não exatamente. A entrevista é de meu interesse. Lembra que eu lhe disse que certa oportunidade prestei um servicinho a ele? Por consequência, ele tem a propensão de mostrar um entusiasmo tolo sobre minhas capacidades. Estou prestes a extrair dividendos dessa postura. Como você deve saber, o premiê da França, monsieur Desjardeaux, está em Londres. A meu pedido, o ministro conseguiu agendar a presença do premiê em nossa pequena conferência esta manhã.

Sua excelência Sydney Crowther, ministro de Estado de Sua Majestade para Assuntos Interiores, era um sujeito famoso e popular. Homem de cerca de cinquenta anos de idade, com expressão irônica e astutos olhos cinzentos, ele nos recebeu com encantadora cordialidade, conhecida como uma de suas principais qualidades.

De costas para a lareira, estava um homem alto de cavanhaque negro e feições delicadas.

– Monsieur Desjardeaux – disse Crowther. – Permita-me lhe apresentar monsieur Hercule Poirot, de quem o senhor provavelmente já ouviu falar.

O francês fez uma reverência e apertou a mão de Poirot.

– Realmente já conheço a fama de monsieur Hercule Poirot – disse ele com simpatia. – Quem não conhece?

– Bondade sua, monsieur – falou Poirot, curvando-se, o rosto corado de prazer.

– Nenhuma palavra a um velho amigo? – indagou uma voz calma. E um homem deu um passo à frente, saindo de um canto perto de uma estante alta de livros.

---

* No original, "Home Secretary". Na Inglaterra, ministro cujas atribuições incluem assuntos de polícia, combate ao crime, terrorismo, cidadania e passaportes. (N.T.)

Era nosso velho conhecido, o sr. Ingles.

Poirot trocou um caloroso aperto de mão.

– E agora, monsieur Poirot – disse Crowther. – Estamos a seu dispor. Pelo que o senhor me disse, tem um comunicado da maior importância para nos fazer.

– É verdade, monsieur. Hoje existe no mundo uma grande organização... uma organização criminosa. É controlada por quatro indivíduos, conhecidos e comentados como os Quatro Grandes. O Número Um é o chinês Li Chang Yen, o Número Dois é o multimilionário americano Abe Ryland, o Número Três é uma francesa, já o Quatro, tenho todas as razões para acreditar que seja um obscuro ator inglês chamado Claud Darrell. Os quatro estão mancomunados para destruir a ordem social existente e substituí-la por uma anarquia na qual governariam como ditadores.

– Incrível – balbuciou o francês. – Ryland metido numa coisa dessas? Sem dúvida, a ideia é para lá de fantástica.

– Preste atenção, monsieur, enquanto eu relato algumas das proezas desses Quatro Grandes.

Poirot desenrolou uma narrativa cativante. Mesmo familiarizado com todos os detalhes, eles me emocionaram de novas maneiras enquanto ouvia a exposição nua e crua de nossas aventuras e fugas.

Quando Poirot terminou, monsieur Desjardeaux fitou o sr. Crowther em silêncio. O outro respondeu ao olhar.

– Sim, monsieur Desjardeaux, acho que devemos admitir a existência desses tais "Quatro Grandes". Primeiro a Scotland Yard estava inclinada a tratar do assunto com desdém, mas foram forçados a admitir que monsieur Poirot estava certo na maioria de suas suposições. A única dúvida é a extensão de seus objetivos. Mas a impressão que eu tenho é que monsieur Poirot... como posso dizer... exagera um pouco.

Como resposta, Poirot salientou dez pontos. Solicitaram-me que eu não os revelasse ao público mesmo agora, então me abstenho de fazê-lo. Mas incluem os incríveis desastres dos submarinos meses atrás, além de uma série de acidentes aéreos e aterrissagens forçadas. De acordo com Poirot, todos esses incidentes eram obra dos Quatro Grandes e comprovavam que eles estavam em poder de vários segredos científicos desconhecidos do mundo em geral.

Isso nos levou direto à pergunta que eu estivera esperando o premiê francês fazer.

– O senhor diz que o terceiro membro dessa organização é uma francesa. Tem ideia de quem é ela?

– É um nome bem conhecido, monsieur. Um nome aclamado. Número Três é ninguém menos que madame Olivier.

À menção da cientista famosa mundialmente, a sucessora do casal Curie, monsieur Desjardeaux saltou da cadeira com o rosto púrpura de emoção.

– Madame Olivier! Impossível! Absurdo! É um insulto o que senhor está dizendo!

Poirot meneou a cabeça gentilmente, mas não respondeu.

Estupefato, Desjardeaux fitou-o por alguns instantes. Então seu rosto desanuviou, e ele relanceou os olhos em direção ao ministro do Interior e bateu o dedo na testa significativamente.

– Monsieur Poirot é um grande homem – observou. – Mas às vezes até mesmo os grandes homens... têm lá suas manias, não têm? E procuram conspirações fantasiosas no alto escalão. A gente sabe disso. Concorda comigo, não, sr. Crowther?

O ministro do Interior não respondeu por alguns minutos. Então falou solenemente e devagar.

– Juro que não sei – disse enfim. – Sempre tive e ainda tenho a mais completa confiança no monsieur Poirot, mas... bem, é um tanto difícil acreditar nisso.

– Esse Li Chang Yen, também – continuou monsieur Desjardeaux. – Quem já ouviu falar dele?

– Eu já – disse a inesperada voz do sr. Ingles.

O francês o fitou. Ele devolveu o olhar com placidez, parecendo como nunca uma estátua chinesa.

– O sr. Ingles – explicou o ministro do Interior – é a maior autoridade que temos sobre assuntos internos da China.

– E o senhor já ouviu falar desse Li Chang Yen?

– Até o dia em que o monsieur Poirot me visitou, eu imaginava ser o único homem na Inglaterra que tivesse ouvido falar nele. Não se engane, monsieur Desjardeaux, só um homem dá as cartas na China de hoje: Li Chang Yen. Ele possui, talvez, eu digo apenas talvez, o cérebro mais aguçado do mundo atual.

Monsieur Desjardeaux sentou-se, aturdido. Em seguida, porém, reanimou-se.

– Pode haver algo verdadeiro no que o senhor diz, monsieur Poirot – disse ele com frieza. – Mas, em relação à Madame Olivier, o senhor está redondamente enganado. Ela é uma verdadeira filha da França, devotada unicamente à causa científica.

Poirot encolheu os ombros e não respondeu.

Após um ou dois minutos de silêncio, meu pequenino amigo levantou-se, com um ar de distinção que se adaptava de modo deveras bizarro à sua fantástica personalidade.

– Isso é tudo o que eu tenho a dizer, messieurs... para avisá-los. Imaginava que os senhores não acreditariam em mim. Mas pelo menos vão ter mais cautela. Minhas palavras vão sedimentar, e cada fato novo que for surgindo vai confirmar sua fé hesitante. Era urgente falar agora... mais tarde talvez eu não fosse capaz.

– O senhor quer dizer...? – indagou Crowther, impressionado pelo tom grave de Poirot.

– Quero dizer, monsieur, que, desde que eu fiquei sabendo da identidade do Número Quatro, minha vida não vale um níquel. Ele vai tentar me destruir a qualquer preço... e não é à toa que é chamado de "O Destruidor". Messieurs, deixo minhas saudações. Ao sr. Crowther, entrego esta chave e este envelope fechado. Coligi todas as minhas anotações sobre o caso, além de minhas ideias de como evitar as desgraças que ameaçam se desencadear no mundo a qualquer momento, e guardei-as em segurança em determinado cofre. No caso de minha morte, sr. Crowther, autorizo-o a tomar conta desses papéis e fazer deles o uso que achar conveniente. E agora, messieurs, tenham um bom dia.

Desjardeaux apenas inclinou-se friamente, mas Crowther ergueu-se num pulo e apertou a mão de Poirot.

– O senhor me convenceu, monsieur Poirot. Por mais fantástico que pareça, acredito plenamente na verdade do que o senhor nos contou.

Ingles saiu junto conosco.

– Não estou decepcionado com o encontro – disse Poirot, enquanto caminhávamos. – Não esperava convencer Desjardeaux, mas pelo menos me assegurei de que, se eu morrer, meu conhecimento não morre comigo. E convenci uma ou duas pessoas. *Pas si mal!*

– Estou com o senhor, sabe – disse Ingles. – A propósito, estou viajando para a China tão logo consiga me desvencilhar.

– Isso é sensato?

– Não – disse Ingles secamente. – Mas necessário. Cada um precisa fazer o que lhe compete.

– Ah, o senhor é um homem corajoso! – exclamou Poirot com emoção. – Se não estivéssemos na rua, eu o abraçaria.

Pareceu-me que Ingles ficou bastante aliviado.

– Não suponho que eu vá correr mais perigo na China do que vocês em Londres – rosnou ele.

— Isso é bem possível – admitiu Poirot. – Pelo menos, espero que eles não consigam massacrar Hastings também. Isso me deixaria profundamente chateado.

Cortei essa animadora conversa para observar que eu não tinha intenção alguma de permitir alguém me massacrar, e pouco depois Ingles despediu-se de nós.

Por algum tempo caminhamos em silêncio, quebrado por Poirot de repente com uma afirmação de todo inesperada.

— Acho... acho mesmo... que devo pedir o auxílio de meu irmão nesse caso.

— Seu irmão? – perguntei, atônito. – Desde quando você tem um irmão?

— Você me surpreende, Hastings. Não sabe que todos os detetives famosos têm irmãos que seriam ainda mais famosos não fosse o temperamento indolente?

Às vezes Poirot adota uma postura característica que torna praticamente impossível saber se ele está brincando ou falando sério. Essa postura era muito clara naquele instante.

— Como ele se chama? – indaguei, tentando ajustar-me à nova informação.

— Achille Poirot – respondeu Poirot, com gravidade. – Ele mora perto de Spa, na Bélgica.

— O que ele faz? – perguntei com certa curiosidade, deixando de lado uma semiformada surpresa com o temperamento e a disposição de ânimo da falecida madame Poirot e seu gosto clássico na escolha de nomes.

— Não faz nada. Ele tem, como eu disse, uma índole singularmente preguiçosa. Mas sua capacidade é quase comparável à minha... e não é preciso dizer mais.

— Ele se parece fisicamente com você?

— Não muito diferente. Mas nem de perto tão bonito. E ele não usa bigode.

— Ele é mais velho ou mais novo?

— Nascemos no mesmo dia.
— Gêmeos! — exclamei.
— Exato, Hastings. Você chega à conclusão certa com precisão infalível. Mas eis que estamos em casa outra vez. Vamos tratar agora da questão menor do colar da duquesa.

Mas o colar da duquesa teve de esperar mais. Um caso de gênero bem diferente nos esperava.

Nossa senhoria, a sra. Pearson, logo nos informou que a enfermeira de um hospital esperava para falar com Poirot.

Encontramo-la sentada na grande cadeira de braços defronte à janela. Mulher de meia-idade, rosto jovial, trajando uniforme azul-marinho. Relutou um pouco a dizer a que veio, mas Poirot logo a deixou à vontade e ela contou sua história.

— Sabe, sr. Poirot, eu nunca passei por uma situação dessas antes. Fui enviada pela congregação Lark para atender um paciente em Hertfordshire. Um senhor de idade, o sr. Templeton. Residência agradabilíssima, pessoal agradabilíssimo. A esposa, sra. Templeton, é bem mais nova que o marido. Ele tem um filho do primeiro casamento que mora junto na casa. Parece que o rapaz e a madrasta não se dão bem. Ele não é bem o que se poderia chamar de um jovem normal... não exatamente um "incapaz", mas meio lerdo de intelecto. Bem, desde o começo, essa doença do sr. Templeton me pareceu misteriosa. Às vezes parecia que estava tudo bem com ele, e então de repente tinha uma daquelas crises gástricas, com acessos de dor e vômito. Mas o médico parecia bem satisfeito e a mim não cabia falar nada. Mas eu não conseguia deixar de pensar no assunto. E então... — Fez uma pausa, e seu rosto ficou bastante vermelho.

— Aconteceu algo que aumentou suas suspeitas? — sugeriu Poirot.

– Sim.

Mas ela demonstrava dificuldades para prosseguir.

– Descobri que os empregados também estavam comentando.

– Sobre a doença do sr. Templeton?

– Ah, não! Sobre... sobre outra coisa...

– Sra. Templeton?

– Sim.

– Sobre a sra. Templeton e o médico, talvez?

Poirot tinha um faro misterioso para essas coisas. A enfermeira o mirou com gratidão e prosseguiu.

– O fato é que *estavam comentando*. E então um dia eu mesma os vi... no jardim...

Sobre isso ela não disse mais nada. Nossa cliente estava em tal agonia de decência ultrajada, que ninguém acharia necessário perguntar exatamente o que ela vira no jardim. Era óbvio que vira o suficiente para formar opinião sobre o caso.

– As crises se tornaram cada vez piores. O dr. Treves disse que estava tudo perfeitamente normal, dentro do esperado, e que o sr. Templeton possivelmente não duraria muito, mas em toda minha experiência como enfermeira profissional nunca vi algo parecido... Aquilo me parecia bem mais uma espécie de...

Fez uma pausa, hesitando.

– Envenenamento por arsênico? – tentou ajudar Poirot.

Ela fez que sim com a cabeça.

– E então o paciente também falou algo esquisito. "Os quatro vão me liquidar. Vão me liquidar."

– Como é? – disse Poirot rapidamente.

– Essas foram as palavras exatas dele, sr. Poirot. Ele estava com muita dor na hora, é claro, e mal sabia o que estava dizendo.

— "Os quatro vão me liquidar" – repetiu Poirot pensativo. – Que será que ele quis dizer com "os quatro", minha senhora?

— Isso não sei dizer, sr. Poirot. Acho que talvez ele se referisse à esposa, ao filho, ao médico e talvez à srta. Clark, a dama de companhia da sra. Templeton. Então daria quatro, não? Talvez pensasse que os quatro estivessem mancomunados contra ele.

— Sem dúvida, sem dúvida – disse Poirot, numa voz preocupada. – E quanto à comida? Não tomou precauções quanto a isso?

— Sempre faço o que posso. Mas, é claro, às vezes a sra. Templeton insiste em levar a comida pessoalmente, ou há ocasiões em que estou de folga.

— Exato. E a senhora não tem certeza o bastante para ir à polícia?

O pavor estampou-se na cara da enfermeira com a mera sugestão de fazê-lo.

— O que eu fiz, sr. Poirot, foi o seguinte. O sr. Templeton teve uma crise muito séria depois de tomar uma tigela de sopa. Depois do fato, peguei uma amostra de sopa do fundo da tigela e trouxe comigo. Fui dispensada hoje para visitar uma mãe doente, já que o sr. Templeton estava se sentindo bem.

Exibiu uma garrafinha com fluido escuro e entregou a Poirot.

— Esplêndido, mademoiselle. Vamos mandar ao laboratório imediatamente. Se a senhorita retornar daqui, digamos, a uma hora, acho que seremos capazes de confirmar ou eliminar suas suspeitas.

Ele sem demora acompanhou-a até a porta, não sem antes anotar o nome dela e suas qualificações. Então redigiu um bilhete e o remeteu junto com a amostra de sopa. Enquanto esperávamos para saber o resultado, para a minha surpresa, Poirot entreteve-se verificando as credenciais da enfermeira.

– Sim, meu caro – declarou. – Faço bem em ser cuidadoso. Não esqueça que os Quatro Grandes estão em nosso encalço.

Entretanto, ele logo obteve a informação de que uma enfermeira chamada Mabel Palmer pertencia ao Instituto Lark e havia sido enviada para o caso em questão.

– Até aqui, tudo bem – disse com uma piscadela. – E agora a enfermeira Palmer está de volta, chegando junto com o resultado das análises.

Tanto a enfermeira quanto eu esperamos ansiosos Poirot ler o laudo da análise.

– Há arsênico na amostra? – perguntou ela, esbaforida.

Poirot balançou a cabeça, dobrando o papel.

– Não.

Nós dois ficamos imensamente surpresos.

– Não há arsênico – continuou Poirot. – Mas há antimônio. E, nesse caso, vamos partir imediatamente para Hertfordshire. Tomara que consigamos chegar a tempo.

Ficou decidido que o plano mais simples era Poirot apresentar-se mesmo como detetive. O pretenso motivo da visita seria investigar junto à sra. Templeton informações de uma ex-criada, cujo nome ele obtivera por intermédio da enfermeira Palmer, que poderia estar envolvida num roubo de joias.

Era tarde quando chegamos em Elmstead, como a casa se chamava. Para não despertar suspeitas, deixamos a enfermeira Palmer chegar vinte minutos antes que nós.

A alta e morena sra. Templeton, movimentos sinuosos e olhos inquietos, nos recebeu. Notei, ao Poirot anunciar a profissão, que ela trancou a respiração com um súbito chiado, como se estivesse sobressaltada, mas respondeu sem pestanejar à pergunta sobre a criada. E então, para testá-la, Poirot contou uma longa história sobre um caso de envenenamento em que a culpada era a esposa da vítima. Seus olhos não desgrudavam dos dela enquanto ele falava. Por mais que tentasse, ela mal conseguia esconder a agitação crescente. De repente, com um pedido incoerente de desculpas, ela retirou-se da sala com pressa.

Não ficamos a sós por muito tempo. Entrou um homem de ombros largos, bigodinho ruivo e pincenê.

– Dr. Treves – apresentou-se ele. – A sra. Templeton me pediu para transmitir desculpas aos senhores. Ela está em péssimo estado, sabe. Tensão nervosa. Preocupada com o marido e tudo o mais. Prescrevi uma boa noite de sono e brometo. Mas ela espera que os senhores fiquem para o jantar improvisado e que eu seja o anfitrião. Ouvimos falar do senhor por aqui, sr. Poirot, e o temos em alta conta. Ah, aí está o Micky!

Um rapaz vacilante entrou na sala. Tinha a cara bem arredondada e sobrancelhas de aparência tola, erguidas como em eterna surpresa. Ele arreganhou os dentes de modo bizarro enquanto apertamos as mãos. Obviamente esse era o filho "incapaz".

Em seguida, passamos todos à sala de jantar. O dr. Treves abandonou a sala – para abrir um vinho, acho –, e de repente a fisionomia do rapaz sofreu uma alteração inusitada. Inclinou-se à frente, encarando Poirot.

– O senhor veio por causa do papai – disse ele, balançando a cabeça afirmativamente. – *Sei* que sim. Sei um monte de coisas... mas todo mundo acha que não. Mamãe vai ficar contente quando papai morrer. Assim ela vai poder casar com o dr. Treves. Ela não é minha mãe de verdade, sabe. Não gosto dela. Ela quer ver papai morto.

Era tudo muito horripilante. Felizmente, antes que Poirot tivesse tempo de responder, o doutor voltou, e tivemos que estabelecer uma conversa forçada.

Então de súbito Poirot reclinou-se para trás na cadeira com um gemido surdo. Seu rosto se contorcia de dor.

– Qual é o problema, meu senhor? – perguntou o médico.

– Um espasmo súbito. Já estou acostumado. Não, não se incomode, doutor, não preciso de sua ajuda. Mas gostaria de descansar um pouco lá em cima.

A solicitação de Poirot foi atendida instantaneamente, e acompanhei-o escada acima, onde ele desabou na cama em meio a fortes gemidos.

Nos primeiros minutos, eu acreditei, mas então percebi que Poirot fazia – como diria ele – o papel cômico. O objetivo dele era ficar sozinho perto do quarto do paciente.

De modo que não me surpreendi quando, assim que ficamos a sós, ele pulou num salto.

– Rápido, Hastings, a janela. Há uma trepadeira lá fora. Podemos descer antes que eles comecem a suspeitar.

– Descer?

– Sim, precisamos sair desta casa imediatamente. Não reparou nele no jantar?

– O doutor?

– Não, o jovem Templeton. O tique com o pão. Lembra-se do que Flossie Monro nos contou antes de morrer? Que Claud Darrell tinha o hábito de fazer uma bolinha com o miolo do pão para juntar migalhas? Hastings, isso é um enorme conluio. E aquele moço de olhar ausente é nosso arqui-inimigo... o Número Quatro! Rápido!

Não esperei para discutir. Por mais incrível que parecesse a coisa toda, o mais inteligente era dar o fora. Com dificuldade, descemos a trepadeira do modo mais silencioso possível e pegamos um atalho até a cidadezinha e a estação ferroviária. Chegamos bem a tempo de apanhar o último trem, das 20h34. Chegaríamos na cidade pelas onze.

– Um conluio – disse Poirot pensativo. – Quantos deles estão envolvidos, imagino? Suspeito que toda a família Templeton seja composta por agentes dos Quatro Grandes. Apenas queriam nos atrair até lá? Ou era mais ardiloso que isso? Desejavam encenar um teatro aqui no interior e me deixar entretido até terem tempo para... o quê? Agora me pergunto.

Permaneceu imerso em pensamentos.

Ao chegarmos na estalagem, ele me detêve na porta da sala de estar.

– Cuidado, Hastings. Tenho minhas suspeitas. Deixe-me entrar primeiro.

Ele o fez e, para meu leve divertimento, tomou a precaução de ligar a luz com uma galocha velha. Então circulou pelo quarto como um gato que não conhecia o terreno, com cautela, delicadeza, alerta ao perigo. Observei-o por algum tempo, esperando, obediente, onde eu havia sido deixado, junto à parede.

– Parece tudo bem, Poirot – eu disse com impaciência.

– Assim parece, *mon ami*, assim parece. Mas vamos nos certificar.

– Bobagem – disse eu. – Bem, vou acender o fogo e fumar um cachimbo. Ah, dessa vez peguei você. Foi o último a pegar os fósforos e não colocou no lugar de sempre... a mesma coisa que vive reclamando que eu faço.

Estiquei o braço. Escutei o grito de aviso de Poirot... ele saltou em minha direção... nisso toquei na caixa de fósforos.

Então... a labareda de chama azul... a explosão de dilacerar os tímpanos... e a escuridão...

***

Abri os olhos e enxerguei a cara familiar de nosso velho dr. Ridgeway curvando-se sobre mim. Uma expressão de alívio perpassou o rosto dele.

– Não se mova – disse ele, reconfortante. – Você está bem. Houve um acidente.

– Poirot? – murmurei.

– Você está em meu apartamento. Está tudo bem.

Um medo gélido arrebatou meu coração. A resposta evasiva despertou-me um temor horrível.

– Poirot? – reiterei. – E Poirot, como está?

O doutor percebeu que eu precisava saber e que evasivas adicionais seriam inúteis.

– Por um milagre você escapou. Poirot... não!

Um grito irrompeu de meus lábios.

– Morto? Morto?

Ridgeway inclinou a cabeça, as feições emocionadas.

Com energia desesperada, levantei o torso e fiquei em posição sentada.

– Poirot pode ter morrido – disse eu com a voz fraca. – Mas o espírito dele vive. Vou continuar o trabalho dele! Morte aos Quatro Grandes!

Então caí para trás, desmaiado.

Capítulo 16

O chinês moribundo

Mesmo hoje é quase insuportável escrever sobre aqueles dias de março.

Poirot – o raro, o inimitável Hercule Poirot – morto! Toque diabólico a caixa de fósforos deslocada só para atrair o olhar dele, que se apressaria a reposicioná-la – e assim detonar a explosão. Para dizer a verdade, o fato de ter sido eu quem na verdade precipitara a catástrofe nunca deixou de me incutir um remorso inútil. Era, afirmou o dr. Ridgeway, um verdadeiro milagre eu ter escapado com vida, apenas com uma leve concussão.

Embora eu tivesse tido a impressão de ter recobrado os sentidos quase de imediato, na realidade só acordei um dia depois. Só à tardinha do dia seguinte consegui cambalear fragilmente até uma sala contígua e presenciar com emoção profunda o modesto caixão de olmo que continha os restos mortais de um dos homens mais maravilhosos que o mundo conhecera.

Desde o primeiro instante em que recuperei a consciência, uma única ideia martelava em minha cabeça: vingar a morte de Poirot e perseguir os Quatro Grandes de modo implacável.

Eu pensava que Ridgeway me apoiaria nessa decisão, mas para minha surpresa o bom médico jogou-me um balde de água fria.

– Volte para a América do Sul – não perdia a oportunidade de aconselhar ele. Por que tentar o impossível? Expressa com a maior delicadeza possível, a opinião do doutor se resumia a esta: se Poirot, o inigualável Poirot, falhara, que chances de sucesso eu teria?

Mas eu estava obstinado. Deixando de lado o mérito da questão de se eu dispunha ou não das qualificações necessárias para a tarefa (e, diga-se de passagem, eu não concordava inteiramente com ele nesse quesito), eu colaborava há tanto tempo com Poirot, que conhecia seus métodos de cor e salteado. Sentia-me plenamente capaz de dar continuidade ao trabalho; era uma questão pessoal para mim. Bandidos mataram meu amigo com sordidez. Voltar para a América do Sul com o rabo entre as pernas sem ao menos tentar fazer justiça?

Disse tudo isso e um pouco mais para Ridgeway, que escutou com toda atenção.

– De qualquer forma – disse ele quando eu terminei –, o meu conselho é o mesmo. Sinceramente, estou convencido de que, se Poirot estivesse aqui, insistiria para que o senhor voltasse. Em consideração à memória dele, Hastings, esqueça essas ideias impensadas e volte para sua fazenda.

Só havia uma resposta possível a isso; balançando a cabeça com tristeza, ele não falou mais nada.

Passou um mês até eu me sentir plenamente recuperado. No fim de abril, solicitei e consegui uma entrevista com o ministro do Interior.

A postura do sr. Crowther lembrou-me a do dr. Ridgeway. Reconfortante mas desencorajadora. Ao mesmo tempo em que agradecia a oferta de meus serviços, com delicadeza e ponderação os recusava. Os papéis mencionados por Poirot estavam sob a responsabilidade dele. Garantiu-me que todas as medidas cabíveis estavam sendo tomadas para lidar com a ameaça que se avizinhava.

Tive que me contentar com esse consolo indiferente. O sr. Crowther terminou o encontro recomendando que eu voltasse para a América do Sul. Considerei tudo aquilo muito insatisfatório.

Eu deveria, suponho, na ocasião apropriada, ter descrito o funeral de Poirot. Foi uma cerimônia solene e comovente. A quantidade extraordinária de coroas de flores ultrapassou as expectativas. Vindas de todos os escalões, davam um impressionante testemunho do lugar conquistado por meu amigo no país de adoção. Quanto a mim, à beira do túmulo, fui vencido pela emoção ao pensar em todas as nossas múltiplas aventuras e nos dias felizes que passáramos juntos.

Lá pelo início do mês de maio, eu já estabelecera um plano de batalha. Avaliei que era melhor manter a estratégia de Poirot de divulgar anúncios pedindo informações a respeito de Claud Darrell. Mandei publicar um anúncio desse tipo em vários jornais matinais, e estava sentado num pequeno restaurante no Soho, avaliando a repercussão do anúncio, quando um parágrafo curto noutra parte do jornal me causou um choque desagradável.

Com bastante concisão, relatava o misterioso desaparecimento do sr. John Ingles do S. S. *Shangai*, pouco depois de o navio ter zarpado de Marselha. Embora as condições meteorológicas estivessem amenas, temia-se que o infeliz cavalheiro pudesse ter caído no mar. O parágrafo terminava com uma sucinta referência à longa e destacada folha de serviços do sr. Ingles na China.

A notícia era preocupante. Li nas entrelinhas da morte de Ingles um motivo sinistro. Em nenhum momento sequer acreditei na hipótese de um acidente. Ingles havia sido assassinado, e sua morte sem dúvida deveria ser creditada à mão de obra dos execráveis Quatro Grandes.

No tempo em que fiquei ali sentado, aturdido com o baque, ruminando todos os fatos na cabeça, não pude deixar de notar o comportamento desconcertante e extraordinário do homem sentado à minha frente. Até ali não prestara atenção nele. Magro, moreno, nem jovem nem velho, de compleição pálida, com um pequeno cavanhaque. Sentara-se à minha frente de modo tão silencioso que eu mal percebera sua chegada.

Mas agora as ações dele eram sem dúvida estranhas, para dizer o mínimo. Sem cerimônias, inclinou-se à frente empunhando o saleiro e salpicou quatro pitadas ao redor da borda de meu prato.

– Com sua licença – falou ele, numa voz melancólica. – Dizem que salgar a comida de um desconhecido ajuda a curar suas mágoas. Isso pode ser uma necessidade inevitável. Mas eu espero que não. Espero que o senhor seja sábio.

Então, com certa significância, repetiu o gesto com o saleiro no próprio prato. O número 4 era muito evidente para ser confundido. Perscrutei suas feições. De forma alguma ele se parecia com o jovem Templeton nem com o lacaio James, muito menos com qualquer outra das variadas personalidades que conhecêramos. Entretanto, eu estava convencido de que ele era ninguém menos que o formidável Número Quatro em pessoa. Algo na sua voz lembrava um pouco a do desconhecido de colarinho abotoado que nos visitara em Paris.

Olhei ao redor, indeciso quanto à minha estratégia de ação. Lendo meus pensamentos, ele sorriu e balançou a cabeça devagar.

– Não recomendo – observou. – Lembre-se das consequências de sua ação precipitada em Paris. Garanto que tenho um meio seguro de fuga. Com todo o respeito, capitão Hastings, suas ideias tendem a ser um pouco toscas.

– Diabo – falei tremendo de raiva –, diabo encarnado!

– Calma... não se encolerize à toa. Nosso amigo defunto, que Deus o tenha, deve ter lhe dito. Pessoas que mantêm a calma sempre têm ampla vantagem.

– Não ouse falar nele – gritei. – Justo o homem que vocês mataram de modo tão torpe. Que petulância vir aqui...

Ele me interrompeu.

– Vim aqui por uma razão esplêndida e pacífica. Aconselhá-lo a voltar logo para a América do Sul. Se obedecer, para os Quatro Grandes o caso está encerrado. Nem o senhor nem sua família serão maltratados. Dou minha palavra.

Riu com escárnio.

– E se eu me recusar a cumprir sua imposição?

– Nem de longe é uma imposição. Digamos que seja... um aviso.

Havia uma ameaça gélida em sua entonação.

– O primeiro aviso – disse com a voz macia. – Aconselho firmemente a não desconsiderá-lo.

Então, ele se ergueu de repente e deslizou com rapidez em direção à porta. Pus-me em pé de um salto e fui atrás dele, mas por azar acertei em cheio a barriga fenomenal de um gordão que bloqueava o caminho entre as mesas. Quando consegui me desvencilhar, minha presa cruzava a soleira da porta. Corri para não perdê-lo de vista, mas do nada surgiu um garçom com uma pilha de pratos na mão e esbarrou em mim. Quando alcancei a porta, não havia nem sinal do magrinho do cavanhaque escuro.

O garçom desmanchou-se em desculpas; sentado à mesa, o gorducho escolhia o prato como se nada tivesse acontecido. Nada levaria a crer que os dois episódios não tinham sido meros acidentes. Porém, eu tinha opinião formada sobre isso. Sabia muito bem que os agentes dos Quatro Grandes se infiltravam por todos os lugares.

Desnecessário dizer, não dei atenção alguma ao aviso. Cumpriria a missão ou morreria por ela. Obtive apenas duas respostas aos anúncios. Nenhuma delas me forneceu informações valiosas. Eram atores que haviam trabalhado junto com Claud Darrell numa ou noutra ocasião. Nenhum dos dois era seu amigo íntimo, e nenhuma luz foi lançada sobre o problema de sua identidade e seu paradeiro atual.

Dez dias depois, os Quatro Grandes deram sinal de vida. Cruzava eu o Hyde Park, o pensamento longe, quando uma voz persuasiva, enriquecida com uma inflexão estrangeira, trouxe-me à realidade.

– Capitão Hastings, não?

Naquele mesmo instante, uma enorme limusine encostara junto ao meio-fio. Uma senhora inclinou o corpo para fora. Trajando um bonito vestido preto, o pescoço ornado com maravilhosas pérolas, reconheci a dama que havíamos conhecido pelo nome de condessa Vera Rossakoff e, mais tarde, sob codinome diferente na pele de uma agente dos Quatro Grandes. Poirot, por uma razão ou outra, sempre tivera uma queda pela condessa. Algo na sua própria exuberância atraía o pequenino homem. Mulher como ela (Poirot declarava em momentos de entusiasmo) era difícil de achar. Que ela estivesse cooptada contra nós, nas fileiras de nossos inimigos mais cruéis, nunca pareceu pesar em seu julgamento.

– Ah, espere um pouco! – disse a condessa. – Tenho algo muito importante para lhe falar. E não tente me prender também, pois isso não seria inteligente. O senhor sempre demonstrou ser um pouco burro... sim, isso mesmo. Está sendo burro agora, teimando em não escutar o aviso que lhe fizemos. Este é o segundo aviso. Deixe a Inglaterra agora. O senhor não tem nada útil para fazer aqui... estou sendo franca. O senhor não vai conseguir nada.

– Nesse caso – disse de modo inflexível –, parece deveras extraordinária tanta ansiedade para me tirar do país.

A condessa deu de ombros – ombros sublimes e um gesto sublime.

– Cá entre nós, também acho isso burrice. Se dependesse de mim, o senhor poderia ficar por aqui sassaricando. Mas os mandachuvas temem que uma palavra sua possa ajudar alguém mais inteligente. Por isso... o senhor deve ser exilado.

A condessa parecia ter uma ideia lisonjeira de minhas capacidades. Não demonstrei minha contrariedade. Com certeza aquela atitude havia sido adotada expressamente para me ofender e transparecer a ideia de que eu era insignificante.

– Seria, é claro, facílimo... eliminá-lo – prosseguiu ela –, mas às vezes tenho coração mole. Argumentei a seu favor. Pedi para que o senhor fosse poupado. O senhor tem uma boa esposa em algum lugar, não tem? E agradaria ao falecido homenzinho saber que o senhor não será assassinado. Sempre gostei dele, sabe. Ele era esperto... e como era! Não fosse quatro contra com um, digo-lhe com sinceridade: acho que ele teria sido demais para nós. Confesso com franqueza: ele era meu ídolo! Como prova de minha admiração, enviei uma coroa de flores ao funeral... imensa, de rosas vermelhas. Rosas vermelhas espelham meu temperamento.

Escutei-a em silêncio e com nojo crescente.

– O senhor parece uma mula empacada. Bem, eu dei meu aviso. Lembre-se, o terceiro aviso será dado pela mão do Destruidor...

A um sinal dela, o carro zarpou com rapidez. Anotei a placa mecanicamente, mas sem esperança nenhuma de conseguir algo. Os Quatro Grandes não se davam ao luxo de esquecer os detalhes.

Fui para casa um pouco pensativo. Um fato emergira da torrente de volubilidade da condessa. Minha vida estava em perigo. Embora eu não tivesse intenção de abandonar a luta, percebi que convinha andar com cautela e tomar todas as precauções possíveis.

Enquanto recapitulava todos esses fatos e procurava a melhor linha de ação, o telefone tocou. Cruzei a sala e peguei o receptor.

– Alô. Quem fala?

Uma voz nítida respondeu.

– Aqui é do Hospital St. Giles. Um chinês foi esfaqueado na rua e trazido ao hospital. Não vai resistir por muito tempo. Estamos ligando porque encontramos no bolso dele um pedaço de papel com o seu nome e endereço.

Fiquei atônito. Porém, após um instante de reflexão, disse que estava indo logo. Eu sabia que o Hospital St. Giles ficava perto do cais. Passou pela minha cabeça que o chinês pudesse ter recém desembarcado de algum navio.

No táxi descendo em direção ao cais, tive uma suspeita repentina. Aquilo tudo não seria uma cilada? Seja lá onde estivesse um chinês, poderia estar a mão de Li Chang Yen. Lembrei da aventura da isca na arapuca. Não seria tudo aquilo um ardil da parte de meus inimigos?

Um pouco de reflexão me convenceu de que não havia grande perigo em fazer uma visita ao hospital. Era provável que a coisa não fosse uma armadilha, mas sim o que chamamos vulgarmente de algo "plantado". O chinês moribundo faria alguma revelação que me induziria a agir, e o resultado seria cair nas mãos dos Quatro Grandes. A única coisa a fazer era preservar a mente aberta. Fingir credulidade e ao mesmo tempo não baixar a guarda.

Ao chegar no Hospital St. Giles, falei com a recepcionista e logo fui levado à ala de pronto-socorro e ao leito do homem em questão. Ele estava deitado sem mover um dedo, as pálpebras cerradas. Só um tênue movimento do tórax indicava que ele ainda respirava. Um médico estava em pé ao lado da cama, sentindo o pulso do paciente.

– Prestes a morrer – sussurrou em meu ouvido.
– Conhece-o?

Meneei a cabeça.

– Nunca vi antes.

– Então o que ele estava fazendo com seu nome e endereço no bolso? É o capitão Hastings, não?

– Sim, mas sei tanto quanto o senhor.

– Curioso. A julgar pelos documentos que trazia, parece ter sido empregado de um tal de Ingles... funcionário público aposentado. Ah, o senhor o conhece, não é? – acrescentou rapidamente, ao perceber meu sobressalto ao escutar o nome.

Empregado de Ingles! Então eu *já* o vira antes. Não que algum dia eu consiga distinguir um chinês de outro. Ele deve ter acompanhado Ingles a caminho da China. Com a tragédia, retornou à Inglaterra com um recado, possivelmente para mim. Era crucial e imperativo que eu ouvisse a mensagem.

– Ele está consciente? – perguntei. – Pode falar? O sr. Ingles era um velho amigo meu. Acho possível que este pobre sujeito tenha me trazido uma mensagem. Ao que tudo indica, o sr. Ingles se afogou no mar ao cair do navio dez dias atrás.

– Está consciente, mas duvido que tenha forças para falar. Perdeu muito sangue. Claro, posso administrar um estimulante, mas já fizemos todo o possível nesse sentido.

Não obstante, administrou uma injeção hipodérmica e eu fiquei ao lado do leito, desejando, esperando uma palavra... um sinal... que pudesse ser de valor inestimável para meu trabalho. Mas os minutos corriam e nada.

De repente, uma ideia perniciosa passou por minha cabeça. Àquela altura eu já não estava caindo na armadilha? Vamos supor que aquele chinês tivesse apenas assumido o papel de empregado de Ingles e que na realidade fosse um agente dos Quatro Grandes? Eu não tinha lido certa vez que alguns sacerdotes chineses eram capazes de simular a morte? Ou, para ir mais longe ainda, Li Chang Yen poderia comandar um pequeno bando de fanáticos que sacrificariam a própria vida a um comando do mestre. Eu deveria estar pronto para tudo.

Quando esses pensamentos lampejavam em minha mente, o homem na cama se mexeu. Abriu os olhos.

Balbuciou algo incoerente. Então vi o olhar dele cravado em mim. Não fez menção de me reconhecer, mas percebi que desejava falar comigo. Amigo ou inimigo, eu precisava escutar o que ele tinha para dizer.

Inclinei-me sobre o leito, mas os sons entrecortados não faziam sentido para mim. Pensei ter ouvido a palavra "*hand*", mas não tinha a mínima ideia do contexto. Então ela foi repetida, dessa vez junto com outra palavra: "largo". Fitei-o surpreso, tentando imaginar o que a possível justaposição das duas me sugeria.

– Largo de Händel? – perguntei.

As pálpebras do chinês vibraram com rapidez, como se estivesse concordando, e acrescentou outra palavra italiana: *carrozza*. Sussurrou mais duas ou três palavras em italiano e em seguida despencou para trás de repente.

O médico afastou-me. Era o fim. O homem estava morto.

Ganhei a rua desnorteado.

"Largo de Händel" e "*carrozza*". Se não me falhava a memória, *carrozza* significava carruagem. Qual o significado oculto dessas palavras? O homem era chinês, não italiano. Por que então falou em italiano? Além do mais, se fosse mesmo empregado de Ingles, não devia saber inglês? A coisa toda era profundamente desconcertante. Voltando para casa, fiquei quebrando a cabeça durante o percurso inteiro. Ah, se Poirot estivesse por perto, sua engenhosidade solucionaria o problema num piscar de olhos!

Abri a porta do prédio com a chave e, devagar, subi as escadas para meu quarto. Uma carta estava na mesa. Rasguei o envelope num impulso. O que li me deixou paralisado.

Era de uma banca de advogados. O comunicado dizia:

Prezado Senhor,
Conforme instruções de nosso falecido cliente, monsieur Hercule Poirot, encaminhamos ao senhor a carta anexa. Essa carta foi colocada sob nossa tutela uma semana antes da morte dele, com instruções de que, caso ele morresse, deveria ser enviada um tempo depois.
Atenciosamente
etc.

Virei e desvirei o envelope em anexo. Sem dúvida era de Poirot. A caligrafia era inconfundível. Com o coração pesado, mas com certa ansiedade, abri o envelope. Li o seguinte:

Mon Cher Ami,
Quando receber essa carta estarei morto. Em vez de derramar lágrimas por mim, siga as instruções. Ao receber essa mensagem retorne imediatamente para a América do Sul. Não seja teimoso. O motivo desse pedido não é sentimentalismo. É necessidade. Faz parte do plano de Hercule Poirot! Meu bom amigo Hastings, para um bom entendedor como você, meia palavra basta.
A bas os Quatro Grandes! Saudações do além-túmulo.

Do sempre seu,
Hercule Poirot

Li e reli a espantosa mensagem. Uma coisa estava clara. O incrível homem pensara em todas as eventualidades e providenciara para que mesmo a morte não atrapalhasse a sequência de seus planos! Eu seria as mãos – ele, o cérebro. Sem dúvida eu encontraria instruções detalhadas me esperando além-mar. Nesse meio-tempo, meus inimigos, convencidos de que eu obedecera ao seu aviso, deixariam de se preocupar comigo. Eu poderia voltar insuspeito e provocar destruição no meio deles.

Agora nada impedia minha partida imediata. Enviei telegramas e comprei a passagem. Uma semana depois, embarcava no *Ansonia*, rumo a Buenos Aires.

Assim que o navio zarpou do cais, um comissário de bordo me trouxe um bilhete. Havia sido entregue a ele, explicou-me, por um homenzarrão vestindo um casaco de pele que desembarcara na última hora antes da prancha de embarque ser içada.

Abri. Era curto e objetivo.

– Muita prudência de sua parte – dizia. Estava assinado com um grande número 4.

Pude me dar ao luxo de sorrir!

O mar não estava muito agitado. Desfrutei de um jantar adequado, tirei conclusões sobre a maioria de meus companheiros de viagem e joguei uma ou duas partidas de bridge. Então me recolhei e dormi como uma pedra, como sempre faço a bordo de transatlânticos.

Acordei com a sensação de estar sendo sacudido com insistência. Pasmo e entorpecido, percebi um dos oficiais do navio em pé ao lado de minha cama. Ele soltou um suspiro de alívio quando eu ergui o torso e me sentei.

– Graças a Deus, o senhor acordou. Achei que não ia conseguir. Que sono pesado, hein?

– Algo errado com o navio? – perguntei, ainda desnorteado e meio dormindo. – O que está acontecendo?

– O senhor deve saber melhor do que eu – respondeu ele secamente. – Ordem expressa do comandante. Tem um destróier à sua espera. O senhor vai trocar de embarcação.

– O quê?! – gritei. – Em pleno alto-mar?

– Parece um negócio muito misterioso, mas não é da minha conta. Embarcaram um jovem para tomar o seu lugar. Todos tivemos que jurar segredo. O senhor quer se levantar e se vestir?

Totalmente incapaz de esconder meu espanto, segui as instruções. Baixaram um bote e me conduziram até o destróier. Lá me receberam com toda a cortesia, mas sem informação adicional. De acordo com as ordens recebidas pelo comandante, eu devia ser deixado em algum porto da costa belga. Nisso se resumia seu conhecimento e sua responsabilidade.

A coisa toda parecia um sonho. Agarrei-me com unhas e dentes à ideia de que tudo isso fazia parte do plano de Poirot. Cabia-me apenas prosseguir cegamente e confiar em meu falecido amigo.

Desembarcaram-me no local determinado. Lá um carro me esperava e logo me vi atravessando velozmente as planícies flamengas. Naquela noite, dormi num hotelzinho em Bruxelas. Ao amanhecer retomamos viagem. A paisagem campestre tornou-se montanhosa e fechada por bosques. Percebi que penetrávamos na região florestal das Ardenas. De súbito, lembrei do comentário de Poirot sobre o irmão que morava em Spa.

Mas não chegamos em Spa. Saímos da estrada principal e nos embrenhamos nas fortalezas frondosas das colinas. Atravessamos uma aldeiazinha e chegamos a uma casa de campo branca, isolada na encosta. O carro estacionou na frente da porta verde.

Quando eu desci do carro, a porta se abriu. Com uma reverência, o velho criado convidou-me a entrar.

– *Monsieur le Capitaine* Hastings? – disse ele em francês. – *Monsieur le Capitaine* está sendo aguardado. Se fizer a gentileza de me seguir.

Mostrou o caminho e escancarou a porta no fundo do hall, ficando de lado para eu passar.

Pisquei um pouco, pois a sala dava para o oeste e o sol estava se pondo. Então minha vista clareou, e enxerguei um vulto de mãos estendidas me esperando para dar boas-vindas.

Era – ah, impossível, não podia ser – mas sim!

– Poirot! – gritei. E para variar não tentei me desvencilhar do sobrepujante abraço.

– Sim, sim! Sou eu mesmo! Não é assim tão fácil matar Hercule Poirot!

– Mas Poirot... *por quê?*

– *Ruse de guerre*, meu caro, *ruse de guerre*.* Agora tudo está pronto para nosso grande *coup*.

– Mas você poderia ter *me* contado!

– Não, Hastings, não poderia. Nunca, jamais, nem mesmo em um milênio, você ia conseguir representar o papel no funeral. E assim foi perfeito. Eu não podia correr o risco de despertar a suspeita dos Quatro Grandes.

– Mas eu passei por maus bocados...

– Não pense que sou insensível. Em parte, levei a cabo a farsa por sua causa. Eu era capaz de arriscar minha própria vida, mas me dava engulhos arriscar continuamente a sua. Por isso, após a explosão, tive uma ideia luminosa. O bom Ridgeway possibilitou-me executá-la. Comigo morto, você voltaria à América do Sul. Mas, *mon ami*, você fez exatamente o contrário. No fim, tive de providenciar a carta de um advogado e toda aquela ladainha. Mas, em todo o caso, eis você aqui... é isso que importa. E agora aqui estamos... *perdus*... até chegar o momento do último grande *coup*: a derrocada final dos Quatro Grandes.

---

* Estratagema de guerra. Em francês no original. (N.T.)

Capítulo 17

Ponto para o Número Quatro

De nosso tranquilo recanto nas Ardenas observamos a evolução dos fatos na aldeia global. Tínhamos à disposição uma oferta abundante de jornais. Todos os dias, Poirot recebia um envelope volumoso, obviamente com algum tipo de relatório. Nunca me mostrou esses relatórios, mas em geral eu percebia por seu comportamento se o conteúdo era ou não satisfatório. Nunca deixou de acreditar que o plano atual era o único com chances de sucesso.

– Como pormenor secundário, Hastings – observou certo dia –, havia a ameaça contínua de sua morte. E isso me deixava apreensivo... com os nervos à flor da pele, como se diz. Mas agora estou satisfeito. Mesmo se descobrirem que o capitão Hastings que desembarcou na América do Sul é um impostor (mas não acredito que descubram; é improvável que enviem para lá um agente que o conheça pessoalmente), vão acreditar apenas que você está tentando lográ-los com alguma esperteza particular. Não vão se dar ao trabalho de investigar o seu paradeiro. Do fato crucial, a minha suposta morte, estão plenamente convencidos. Vão ir em frente e amadurecer seus planos.

– E então? – perguntei, ansioso.

– E então, *mon ami*, a grande ressurreição de Poirot! Na última hora, reapareço, crio a confusão e alcanço a vitória com meu método singular!

Percebi que a vaidade de Poirot era feita de liga de aço, capaz de suportar todos os ataques. Lembrei-o de que uma ou duas vezes nossos adversários levaram os louros da vitória. Mas eu devia saber que era impossível minguar o entusiasmo de Hercule Poirot pelos próprios métodos.

— Veja bem, Hastings, é como aquele truque com o baralho. Já viu como se faz? Você pega os quatro valetes, coloca um deles em cima do monte, outro embaixo e assim por diante... corta, embaralha, e os quatro estão juntos de novo. Esse é meu objetivo. Até aqui tenho combatido ora um, ora outro dos Quatro Grandes. Mas espere até eu pegá-los todos juntos, como os quatro valetes no monte de cartas. Então, com um só *coup*, destruo a todos!

— E como você pretende pegá-los todos juntos? — perguntei.

— Aguardando o instante supremo. Ficando *perdu* até que eles estejam prontos para atacar.

— Vou esperar sentado... isso pode demorar — resmunguei.

— Sempre impaciente, o amável Hastings! Mas não vai demorar. O único homem que eles temiam (eu) está fora do caminho. Não dou mais do que dois ou três meses.

A expressão estar fora do caminho me fez recordar a trágica morte de Ingles. Então me lembrei de que não havia contado a Poirot sobre o chinês moribundo no Hospital St. Giles.

Ele escutou minha história com viva atenção.

— Empregado de Ingles, únicas palavras? E falou em italiano? Curioso.

— É por isso que eu suspeito ter sido um falso indício tramado pelos Quatro Grandes.

— Seu raciocínio está falho, Hastings. Utilize as pequenas células cinzentas. Se os inimigos quisessem enganá-lo, o chinês teria falado em inteligível inglês *pidgin*. Nada disso: a mensagem era autêntica. Quer me dizer de novo tudo o que você escutou?

— Primeiro ele fez alusão ao Largo de Händel e então disse algo que soou como "*carrozza*"... significa carruagem, não é?

– Nada mais?

– Bem, só bem no fim ele murmurou "cara" alguma coisa... um nome de mulher. Zia, se não me engano. Mas não acredito que isso tenha alguma relação com o resto.

– Não deveria acreditar nisso, Hastings. Cara Zia é muito importante, muito importante mesmo.

– Não vejo...

– Meu caro amigo, você *nunca* vê... de qualquer modo, ingleses não entendem nada de geografia.

– Geografia? – perguntei. – O que tem a geografia a ver com isso?

– Arrisco dizer que monsieur Thomas Cook seria mais objetivo.

Como sempre, Poirot recusou-se a falar mais... um de seus hábitos mais irritantes. Mas notei que sua conduta se tornou extremamente animada, como se ele tivesse marcado pontos.

Os dias se passaram agradáveis, apesar de monótonos. Na casa de campo, não faltavam livros nem deleitosos passeios sem destino. Às vezes, porém, a inatividade compulsória de nossa rotina me encolerizava, e o plácido contentamento de Poirot me causava espanto. Nada perturbava a quietude de nossa existência. Só perto do fim de junho, bem dentro do limite do prazo estipulado por Poirot, recebemos notícias dos Quatro Grandes.

Numa certa manhã, um carro apareceu na casa de campo, evento tão incomum em nossa vida pacata, que eu desci correndo para matar a curiosidade. Encontrei Poirot conversando com um sujeito de cara simpática, com mais ou menos a minha idade.

Ele fez as apresentações.

– Hastings, este é o capitão Harvey, um dos agentes mais famosos do serviço de inteligência britânico.

– Nem um pouco famoso, receio – disse o jovem, rindo de modo aprazível.

– Famoso no meio das informações reservadas, melhor dizendo. A maioria dos amigos e conhecidos do capitão Harvey o considera um jovem bonachão, mas desmiolado. Um pé de valsa que só pensa em dançar o foxtrote.

Em meio à risada geral, Poirot acrescentou:

– Muito bem, vamos ao que interessa. Então acha que chegou a hora?

– Temos certeza disso, sir. Ontem a China ficou politicamente isolada. O que está acontecendo lá ninguém sabe. Nenhuma notícia de qualquer espécie nem rádio, nem telégrafo... apenas uma ruptura completa... e silêncio!

– Li Chang Yen deu sinal de vida. E os outros?

– Abe Ryland chegou à Inglaterra há uma semana e ontem partiu para o continente.

– E madame Olivier?

– Madame Olivier deixou Paris ontem à noite.

– Rumo à Itália?

– Para a Itália, sir. Até onde conseguimos avaliar, os dois estão se dirigindo ao resort que o senhor indicou... embora ninguém saiba como o senhor sabia disso...

– Ah, isso não é mérito meu! Foi obra de nosso Hastings aqui. Ele esconde a inteligência, sabe, mas águas paradas são profundas.

Harvey dirigiu-me um olhar de respeito, e eu me senti um tanto constrangido.

– A sorte está lançada, então – disse Poirot, pálido e completamente sério. – Chegou a hora. Tomaram todas as providências?

– Fizemos tudo o que senhor pediu. Os governos da Itália, da França e da Inglaterra estão dando cobertura e trabalhando em harmonia.

– É, na verdade, uma nova tríplice entente – observou Poirot com ironia. – Alegra-me o fato de que Desjardeaux enfim tenha se convencido. *Eh bien*, então, vamos começar...

ou melhor, vou começar. Hastings, você fica aqui... sim, pelo amor de Deus. Falo sério, meu caro.

Acreditei nele, mas não era plausível consentir em ser deixado para trás daquela maneira. Nossa discussão foi breve, mas decisiva.

Só a bordo do trem, que acelerava rumo a Paris, ele admitiu estar secretamente satisfeito com minha decisão.

– Pois nesse drama você tem um papel, Hastings. Um papel importante! Sem você, posso muito bem fracassar. No entanto, achei que era meu dever recomendá-lo a ficar na retaguarda...

– Então há perigo?

– *Mon ami*, com os Quatro Grandes o perigo é constante.

Chegando em Paris, dirigimo-nos até a Gare de l'Est, e Poirot enfim anunciou nosso destino. A meta era Bolzano e o Tirol italiano.

Durante a ausência de Harvey em nosso vagão, aproveitei a oportunidade para perguntar a Poirot por que ele dissera que a descoberta da reunião fora obra minha.

– Porque foi, meu caro. Não sei como Ingles conseguiu obter a informação, mas ele conseguiu e a enviou por meio de seu empregado. Estamos indo, *mon ami*, para Karersee, o novo nome italiano para o Lago di Carrezza. Percebe agora onde entra sua "cara Zia" e também sua "carrozza" e seu "largo"... quanto a Händel, foi coisa de sua imaginação. Possivelmente a referência sobre a informação vir das "*hands*" do sr. Ingles tenha desencadeado a associação de ideias.

– Karersee? – quis saber. – Nunca ouvi falar.

– Sempre digo: ingleses não entendem nada de geografia. Mas realmente é um bonito e famoso resort de férias, a 1.200 metros de altitude, no coração dos Alpes Dolomitas.

— E é nesse local fora de mão o encontro dos Quatro Grandes?

— Melhor dizendo, lá é o quartel-general deles. Foi dado o sinal. A intenção deles é desaparecer do mundo e enviar ordens a partir do refúgio isolado da montanha. Pelo que investiguei, a região é um polo de extração de pedras e minerais. A empresa, segundo consta uma pequena firma italiana, na realidade é controlada por Abe Ryland. Sou capaz de jurar que uma imensa base subterrânea foi construída no coração da montanha, secreta e inacessível. Dali os líderes da organização vão telegrafar ordens aos seguidores, que alcançam os milhares em cada país. E daquele penhasco nas montanhas Dolomitas vão se erguer os ditadores do mundo. Quer dizer... se não fosse por Hercule Poirot.

— Você acredita mesmo nisso, Poirot?... Mas e os exércitos e a engrenagem da civilização?

— O que me diz da Rússia, Hastings? Isso será uma Rússia em escala infinitamente maior. E com a ameaça adicional: os experimentos de madame Olivier avançaram além do que foi revelado. Acredito que ela conseguiu, até certo ponto, liberar energia atômica e aproveitá-la. Ela fez experimentos marcantes com o nitrogênio do ar. Também pesquisou a concentração da energia sem fio, de modo a dirigir um raio de grande intensidade a determinado local. Até onde exatamente ela chegou ninguém sabe, mas é certo que avançou bem mais do que tem sido veiculado na mídia. Essa mulher é genial... os Curie não chegam a seus pés. Acrescente ao gênio dela os poderes da riqueza ilimitada de Ryland e o cérebro de Li Chang Yen, o mais requintado cérebro criminoso já conhecido, na direção e no planejamento... *eh bien*, como se diz, não vai ser canja para a civilização.

As palavras de Poirot me deixaram pensativo. Embora às vezes ele fosse propenso ao exagero na linguagem, na verdade não era alarmista. Pela primeira vez compreendi a dimensão da luta desesperadora em que estávamos engajados.

Harvey em breve uniu-se a nós outra vez, e começou nossa jornada.

Chegamos a Bolzano perto do meio-dia. A partir dali a jornada continuou de carro. Vários táxis esperavam na praça central da cidade, e nós três entramos num deles. Poirot, não obstante o calor do dia, estava envolto até os olhos com sobretudo e cachecol. Dele só era possível enxergar os olhos e a ponta das orelhas.

Eu não sabia se o motivo da precaução era camuflagem ou apenas o medo exagerado de pegar uma gripe. O trecho de carro durou duas horas. Sem dúvida foi um maravilhoso passeio. Na primeira parte da viagem, serpenteamos ao redor de enormes penhascos. De um deles corria uma fina cachoeira. Então irrompemos num vale verdejante, que se estendia por vários quilômetros. Sempre subindo a estrada sinuosa, os picos rochosos começaram a aparecer, com densas florestas de coníferas na base. O lugar todo era intocado e bonito. Enfim, após uma série de curvas fechadas, a estrada desembocou numa reta que atravessava o mato. De súbito, surgiu imponente um hotel. Era o nosso destino.

Tínhamos quartos reservados e, sob a orientação de Harvey, logo nos instalamos. As janelas dos quartos se abriam para os picos rochosos e as extensas encostas forradas de pinheiros que conduziam a eles. Poirot fez um gesto na direção das montanhas.

– Fica lá? – perguntou em voz baixa.

– Sim – respondeu Harvey. – Existe um lugar chamado o Labirinto das Pedras... um fantástico amontoado de pedras soltas, grandes e arredondadas, com uma trilha serpenteando no meio. A pedreira fica à direita, mas tudo indica que a entrada seja no Labirinto das Pedras.

Poirot assentiu com a cabeça.

– Vamos, *mon ami* – disse-me ele. – Vamos descer e sentar no terraço para pegar um pouco de sol.

– Pensa que é seguro? – indaguei.

Ele deu de ombros.

O sol estava maravilhoso... de fato a luz era quase ofuscante demais para mim. Em vez de chá, tomamos um café com creme. Então subimos as escadas e tiramos a pouca bagagem das malas. Poirot estava com um humor sangrento, imerso numa espécie de delírio. Volta e meia balançava a cabeça e suspirava.

Eu estava bastante intrigado com um homem que descera de nosso trem em Bolzano e entrara num carro particular. Era um homem pequeno, e uma coisa nele atraiu minha atenção: estava quase tão entrouxado quanto Poirot estivera. Mais do que isso, na verdade, pois além do sobretudo e do cachecol, ele usava enormes óculos escuros. Convenci-me: ele era um emissário dos Quatro Grandes. Poirot não pareceu muito impressionado com minha ideia. Mas, quando ao inclinar o corpo para fora da janela do quarto reconheci a mencionada figura passeando nas proximidades do hotel, ele admitiu que podia haver algo estranho acontecendo.

Recomendei a meu amigo que não descesse para o jantar, mas ele insistiu em fazê-lo. Entramos no salão de refeições bem tarde e pegamos uma mesa perto da janela. Ao sentarmos, nossa atenção foi atraída por uma exclamação e um barulho de louça quebrando. Um garçom tinha virado a salada de vagem em cima de um homem sentado à mesa próxima a nossa.

O chefe dos garçons apareceu e se desmanchou em desculpas.

Logo depois, o garçom atrapalhado veio nos servir a sopa. Poirot entabulou uma conversa com ele.

– Que azar o acidente. Mas não foi culpa sua.

– Monsieur viu aquilo? É verdade... não foi culpa minha. O cavalheiro pulou da cadeira... achei que ele ia ter um ataque ou coisa parecida. Não pude evitar o desastre.

Vi os olhos de Poirot brilharem com a luz verde que eu conhecia tão bem. Enquanto o garçom se afastava, ele me disse em voz baixa:

– Vê, Hastings, o efeito de Hercule Poirot... em carne e osso?

– Pensa que...

Não tive tempo de continuar. Senti a mão de Poirot em meu joelho, enquanto ele sussurrava, animado:

– Olhe, Hastings, olhe. *O tique com o pão!* O Número Quatro!

Sem dúvida, o homem na mesa ao lado, com o rosto de palidez incomum, mecanicamente rolava uma bolinha de pão na mesa.

Perscrutei-o minuciosamente. O rosto barbeado e fofo era de um amarelo descorado, doentio, marcado por fundas olheiras e vincos que desciam do nariz até o canto da boca. Idade de 35 a 45 anos. Não se parecia em nada com as personagens antes encarnadas pelo Número Quatro. De fato, não fosse por aquela pequena mania com o miolo do pão, da qual ele evidentemente não se dava conta, eu juraria prontamente que nunca vira antes o homem sentado ali.

– Ele reconheceu você – murmurei. – Você não devia ter descido.

– Meu esplêndido Hastings, fingi estar morto por três meses por esse único propósito.

– Para desconcertar o Número Quatro?

– Para desconcertá-lo bem no momento em que ele precisa agir com rapidez, senão será tarde demais. E temos essa grande vantagem: ele não sabe que nós o reconhecemos. Pensa estar seguro em seu novo disfarce. Deus abençoe Flossie Monro por nos ter revelado esse pequeno hábito dele.

– O que vai acontecer agora? – perguntei.

– O que pode acontecer? Ele reconhece o único homem a quem teme, ressuscitado dos mortos como que por milagre, bem na hora decisiva para os planos dos Quatro Grandes. Madame Olivier e Abe Ryland almoçaram aqui hoje. Para todos os efeitos, eles rumaram à Cortina d'Ampezzo. Só nós sabemos que foram ao esconderijo deles. Até onde sabemos? É isso que o Número Quatro está se perguntando agora. Não gosta de correr riscos. Eu devo ser eliminado a qualquer custo. *Eh bien*, ele que tente eliminar Hercule Poirot! Vou estar pronto.

Quando Poirot terminou de falar, o homem na mesa próxima levantou e saiu.

– Saiu para tomar suas pequenas providências – disse Poirot com placidez. – Que tal tomarmos nosso café no terraço, meu caro? Seria mais agradável, acredito. Vou subir e apanhar um casaco.

Eu ganhei o terraço, com a mente um pouco perturbada. A confiança de Poirot não me deixava muito satisfeito. Mas, enquanto estivéssemos de sobreaviso, nada poderia nos acontecer. Decidi ficar com todos os sentidos alertas.

Uns bons cinco minutos se passaram até Poirot aparecer. Com suas precauções costumeiras contra o frio, estava entrouxado até as orelhas. Sentou-se a meu lado e bebeu o café de modo apreciativo.

– Só na Inglaterra o café é tão abominável – observou. – No continente as pessoas entendem como o apuro no preparo é importante para a digestão.

Foi ele terminar a frase, e, de repente, o homem da mesa ao lado surgiu no terraço. Sem pestanejar, aproximou-se e puxou uma terceira cadeira para perto de nossa mesa.

– Os senhores não se importam com a minha companhia, espero – disse em inglês.

– Nem um pouco, monsieur – disse Poirot.

Eu me senti inquieto. É verdade que estávamos no terraço do hotel, com gente à nossa volta. Entretanto, eu não estava gostando. Farejei o perigo no ar.

Nesse meio-tempo, o Número Quatro começou a conversar em tom casual. Parecia impossível acreditar que ele era algo além de um turista *bona fide*. Descreveu excursões e viagens de carro e mostrou conhecer as redondezas.

Tirou um cachimbo do bolso e começou a acendê-lo. Poirot sacou o estojo de diminutos cigarros. Enquanto ele colocava um entre os lábios, o estranho inclinou-se à frente com um fósforo aceso.

– Deixa que eu acendo.

Mal terminou de falar e, sem um aviso sequer, todas as luzes se apagaram. Escutei o tilintar de um vidro e senti um odor pungente me sufocando...

Capítulo 18

No Labirinto das Pedras

Não fiquei desacordado por mais de um minuto. Quando recuperei a consciência, estava sendo carregado com pressa por dois homens. Cada um deles me pegara por baixo de um dos braços, suportando meu peso, e eu estava amordaçado. Estava escuro como breu, mas eu inferi que não estávamos ao ar livre, e sim atravessando por dentro do hotel. Ao meu redor, ouvia as pessoas gritando e perguntando em toda e qualquer língua conhecida o que acontecera com as luzes. Meus sequestradores se embrenharam numa escada abaixo. Cruzamos um corredor subterrâneo, então passamos uma porta e, enfim, outra de vidro nos fundos do hotel. No instante seguinte, estávamos sob a copa do bosque de pinheiros.

Percebi de relance outro vulto numa situação tão crítica como a minha. Concluí que Poirot também era vítima daquele ousado *coup*.

Por puro arrojo, o Número Quatro ganhara o dia. Ele utilizara, deduzi, um anestésico instantâneo, provavelmente cloreto etílico... quebrando um frasco sob nossos narizes. Em seguida, em meio à balbúrdia da escuridão, seus cúmplices, provavelmente hóspedes sentados na mesa ao lado, nos amordaçaram e nos levaram embora com rapidez, passando por dentro do hotel para despistar.

Não consigo descrever com exatidão a hora seguinte. Fomos impelidos por entre as árvores do bosque em passo acelerado e perigoso, sempre montanha acima. Enfim, emergimos numa clareira na encosta da montanha. Vislumbrei à minha frente um extraordinário conglomerado de pedras e rochas fantásticas.

Devia ser o Labirinto de Pedras, do qual Harvey falara. Logo ziguezagueávamos em seus recônditos. O local parecia um labirinto imaginado por algum espírito maligno.

De repente estacamos. Uma rocha imensa no meio do caminho. Um dos homens parou e pareceu empurrar algo quando, sem um ruído sequer, a enorme parede de pedra girou em seu eixo e revelou uma pequena abertura em forma de túnel conduzindo ao interior da encosta da montanha.

Por essa passagem fomos levados com bastante pressa. Por algum tempo, o túnel era estreito, mas então se alargou, e dali a pouco desembocamos numa ampla câmara rochosa iluminada com eletricidade. A esta altura as mordaças foram removidas. A um sinal do Número Quatro, que permaneceu em pé à nossa frente com triunfo zombeteiro no rosto, fomos revistados e tivemos todos os objetos retirados de nossos bolsos, inclusive a pequena pistola automática de Poirot.

Uma pontada de angústia afligiu-me ao ver a pistola jogada em cima da mesa. Estávamos derrotados... sem esperança e em minoria. Era o fim.

– Bem-vindo ao quartel-general dos Quatro Grandes, monsieur Hercule Poirot – disse o Número Quatro em tom de mofa. – Encontrá-los de novo é um prazer inesperado. Mas terá sido vantagem sair do túmulo só para isso?

Poirot não respondeu. Eu não ousei olhar para ele.

– Venham por aqui – continuou o Número Quatro. – A chegada dos senhores vai ser uma surpresa e tanto para meus colegas.

Mostrou um vão estreito na parede. Passamos por ali e nos vimos em outra câmara. Bem no fundo, havia uma mesa. Atrás dela, quatro cadeiras estavam dispostas. A da cabeceira estava vazia, envolta num manto de mandarim. Na segunda, fumando um charuto, o sr. Abe Ryland. Recostada na terceira cadeira, com olhos ardentes e rosto de freira, madame Olivier. O Número Quatro sentou-se na quarta cadeira.

Estávamos na presença dos Quatro Grandes.

Nunca antes eu sentira a presença de Li Chang Yen de modo tão real como naquele momento defrontando com a cadeira vazia. Da remota China ele controlava e dirigia essa organização maligna.

Madame Olivier deixou escapar uma exclamação abafada ao nos ver. Ryland, com mais autodomínio, limitou-se a mudar a posição do charuto e a erguer as sobrancelhas grisalhas.

– Monsieur Hercule Poirot – disse Ryland devagar. – Que surpresa agradável. Conseguiu nos enganar direitinho. Achávamos que o senhor estava morto e enterrado. Não importa, agora a partida está no fim.

Havia um timbre de aço em sua voz. Madame Olivier não disse nada, mas, com os olhos cintilando, sorriu devagar, de um jeito que me deixou inquieto.

– Madame e messieurs, boa noite – disse Poirot tranquilamente.

Algo inesperado, algo que eu não estava preparado para escutar em sua voz me fez olhar para ele. Parecia bastante sereno. Mas havia algo diferente em sua aparência geral.

Em seguida, um rumor de cortinas atrás de nós anunciou a entrada da condessa Vera Rossakoff.

– Ah! – disse o Número Quatro. – Nossa tenente leal e valorosa. Temos visita de um velho amigo seu, querida.

A condessa deslizou na sala com a costumeira intensidade de movimentos.

– Pela madrugada! – exclamou ela. – É o homenzinho! Ah! Mas ele tem as sete vidas de um felino! Ah, homenzinho, homenzinho! Por que teve que meter o nariz onde não era chamado?

– Madame – disse Poirot com uma reverência. – Eu, a exemplo do grande Napoleão, estou do lado dos grandes batalhões.

Enquanto ele falava, percebi um repentino raio de suspeita no olhar dela. No mesmo instante, soube a verdade que já pressentira de modo subconsciente.

O homem a meu lado não era Hercule Poirot.

Era igual a ele, de uma similaridade extraordinária. Tinha a mesma cabeça ovalada, o mesmo porte emproado, delicadamente roliço. Mas a voz era diferente. Os olhos, em vez de verdes, eram negros, e sem dúvida o bigode... aquele famoso bigode...?

De súbito a voz da condessa cortou minhas reflexões. Ela deu um passo à frente, a voz ecoando de exaltação.

– Vocês foram enganados. Este homem não é Hercule Poirot!

Número Quatro soltou uma exclamação de incredulidade, mas a condessa projetou o corpo à frente e agarrou o bigode de Poirot. Ele saiu na mão dela. Então a verdade ficou clara. Uma cicatriz desfigurava o lábio superior do homem, alterando completamente a expressão do rosto.

– Se ele não é Hercule Poirot – rosnou entre dentes o Número Quatro –, quem pode ser então?

– Eu sei – gritei de repente. Em seguida fiquei petrificado, com medo de ter estragado tudo.

Mas o homem a quem vou continuar a me referir como Poirot voltara-se para mim de modo incentivador.

– Pode dizer se quiser. Agora não importa mais. O truque deu certo.

– O nome dele é Achille Poirot – falei devagar. – O irmão gêmeo de Poirot.

– Impossível – disse Ryland em tom cáustico, mas ele estava perturbado.

– O plano de Hercule transcorreu às mil maravilhas – disse Achille com placidez.

Número Quatro deu um salto à frente, a voz ríspida e ameaçadora.

– Mil maravilhas, não é? – perguntou mostrando os dentes. – Não percebe que em poucos minutos você estará... morto?

– Sim – disse Achille Poirot, com seriedade. – Percebo. É você que não percebe que alguém é capaz de dar a vida em prol de um objetivo. Na guerra, os combatentes morrem pela pátria. Da mesma maneira, estou preparado para morrer pelo mundo.

Passou pela minha cabeça que, embora eu estivesse perfeitamente motivado a sacrificar minha vida, seria bom ter sido consultado antes sobre o assunto. Então me lembrei de como Poirot insistira para eu ficar na retaguarda e apaziguei o espírito.

– E que benefício a sua morte traz ao mundo? – indagou Ryland sarcasticamente.

– Vejo que o senhor não percebe a verdadeira natureza do plano de Hercule. Para começar, seu esconderijo foi descoberto meses atrás. Praticamente todos os hóspedes, funcionários do hotel e outros figurantes são detetives ou homens do serviço secreto. A montanha está cercada por um cordão de isolamento. Vocês podem ter meios alternativos de fuga, mas, mesmo assim, não há como escapar. O próprio Poirot está comandando as operações lá fora. Hoje à noite, minhas botas foram untadas com um unguento de anis antes de eu descer ao terraço e tomar o lugar de meu irmão. Cães farejadores estão seguindo o rastro, que vai levá-los infalivelmente à rocha no Labirinto das Pedras onde fica a entrada. Pode fazer o que quiser conosco: a rede está se fechando. Não há escapatória.

Madame Olivier deu uma gargalhada repentina.

– Está enganado. Há um modo de escaparmos e, assim como o velho Sansão, ao mesmo tempo destruirmos nossos inimigos. O que acham, amigos?

Ryland fitava Achille Poirot.

– Vamos supor que ele esteja mentindo – disse ele asperamente.

O interlocutor encolheu os ombros.

– A aurora não tarda. Então você verá com os próprios olhos a veracidade de minhas palavras. A esta altura já devem ter seguido nosso rastro até a entrada do Labirinto das Pedras.

Mal terminou de falar e escutou-se um eco ao longe. Um homem entrou correndo em meio a gritos desconexos. Ryland ergueu-se num pulo e saiu. Madame Olivier andou até o fundo da sala e abriu uma porta que eu não notara antes. Pelo que vi de relance, a porta dava para um laboratório perfeitamente equipado que me lembrou o de Paris. O Número Quatro também saltou da cadeira e se retirou. Voltou com o revólver de Poirot e entregou a arma à condessa.

– Não há perigo de eles escaparem – disse de modo sombrio. – Mas ainda assim é melhor ficar com isto.

Então saiu outra vez.

A condessa aproximou-se de nós e avaliou minuciosamente meu companheiro durante um bom tempo. De súbito ela caiu na risada.

– Você é muito esperto, monsieur Achille Poirot – disse ela com desdém.

– Madame, vamos ser objetivos. Sorte terem nos deixado a sós. Qual é o seu preço?

– Não entendo. Que preço?

– Madame, pode nos ajudar a fugir. Conhece a saída secreta desse refúgio. Quero saber: qual o seu preço?

Ela riu de novo.

– Mais do que você pode pagar, homenzinho! Não me vendo por nenhum dinheiro no mundo!

– Madame, não falo de dinheiro. Prezo a minha inteligência. Mas eis um fato verdadeiro: *todo mundo tem seu preço!* Em troca da vida e da liberdade, eu ofereço o desejo do seu coração.

– Então você é um mágico!

– Pode me chamar assim se quiser.

De repente, a condessa abandonou a postura de escárnio. Falou com amargura apaixonada.

– Tolo! O desejo do meu coração! Por acaso é capaz de tirar a desforra de meus inimigos? Devolver juventude, beleza e um coração alegre? Trazer os mortos de volta?

Achille Poirot a observava com bastante atenção.

– Qual dos três, Madame? Faça sua escolha.

Ela deu um riso amargo.

– Vai me conseguir o elixir da juventude, talvez? Está bem, vamos negociar. Certa vez, eu tive um filho. Encontre meu filho... e você é um homem livre.

– Madame, concordo. Negócio fechado. Vamos achar seu filho e devolvê-lo. Juro por... juro pelo próprio Hercule Poirot.

Outra vez a bizarra mulher riu... dessa vez um riso longo e desenfreado.

– Meu querido monsieur Poirot, receio ter preparado uma pequena armadilha. É muita bondade sua prometer encontrar meu filho. Mas, sabe, sei que você não vai conseguir. Então seria um negócio bom só para um dos lados, não seria?

– Madame, eu juro pelos anjos sagrados que vou recuperar seu filho.

– Perguntei antes, monsieur Poirot: é capaz de ressuscitar os mortos?

– Então seu filho está...

– Morto? Sim.

Ele deu um passo à frente e segurou o pulso dela.

– Madame, eu... estou lhe dizendo, juro outra vez. *Vou ressuscitar os mortos.*

Ela o fitou em estado de fascinação.

— A senhora não acredita em mim. Vou provar minhas palavras. Traga a carteira que eles tiraram de mim.

Ela saiu da sala e retornou com ela na mão. Durante todo o tempo empunhava o revólver. Considerei reduzidas as chances de Achille Poirot blefar com sucesso. A condessa Vera Rossakoff não tinha nascido ontem.

— Abra-a, madame. Na aba do lado esquerdo. Isso mesmo. Agora retire a fotografia e olhe bem.

Sem esconder a admiração e a surpresa, ela pegou o que parecia ser uma pequena foto. Mal pôs os olhos na foto, deixou escapar um grito e balançou o corpo, prestes a cair. Então ela quase pulou no pescoço de meu companheiro.

— Onde? Onde? Precisa me dizer. Onde?

— Lembre-se de nosso acordo, madame.

— Sim, sim, vou confiar no senhor. Rápido, antes que eles voltem.

Pegando a mão de Poirot, ela o puxou rápida e silenciosamente para fora da sala. Fui atrás. Da sala externa, ela nos conduziu ao interior do túnel pelo qual havíamos entrado. Poucos metros depois, o túnel se bifurcava, e ela virou à direita. Repetidas vezes o subterrâneo se bifurcava, mas ela nos guiou sem titubear ou vacilar, com rapidez cada vez maior.

— Só espero chegarmos a tempo — arquejou ela. — Precisamos sair lá fora antes da explosão.

Corríamos sem parar. Compreendi que o túnel atravessava a montanha e que sairíamos finalmente no outro lado, defronte a outro vale. O suor escorreu pelo meu rosto, mas acelerei.

E então, bem ao fundo, vislumbrei um raio de sol. Cada vez mais e mais perto. Chegamos até um arbusto de folhas verdes. Forçamos passagem no meio da moita. Outra vez estávamos a céu aberto. A tênue luz da aurora coloria de rosa a paisagem.

O cordão de isolamento de Poirot era verídico. Na mesma hora em que emergimos, três homens caíram em cima de nós, mas nos soltaram com um grito de surpresa.

– Rápido – gritou meu companheiro. – Rápido... não há tempo a perder...

Mas não teve tempo de concluir. A terra tremeu e balançou abaixo de nossos pés, houve um estrondo medonho e a montanha inteira pareceu dissolver-se. Fomos arremessados de ponta-cabeça no ar.

****

Enfim recuperei os sentidos. Eu estava numa cama desconhecida num quarto desconhecido. Alguém estava sentado perto da janela. Ele se virou e caminhou em minha direção, parando a meu lado.

Era Achille Poirot... ou, espere, era...

A conhecida voz irônica eliminou quaisquer dúvidas que eu pudesse alimentar.

– Mas sim, meu amigo, sou eu. Meu irmão Achille voltou para a casa dele... a terra dos mitos. Todo o tempo era eu. Não só o Número Quatro é capaz de interpretar um papel. Gotas de beladona para aumentar as pupilas, bigode sacrificado e uma cicatriz verdadeira que me custou muita dor há dois meses... mas eu não podia correr o risco de ser desmascarado sob os olhos de águia do Número Quatro. E o retoque final: você, Hastings, afirmando com absoluta certeza sobre a existência de Achille Poirot! Sua ajuda foi inestimável! Metade do sucesso do *coup* deve-se a você! O ponto fulcral era fazê-los acreditar que Hercule Poirot continuava solto e à vontade, comandando as operações. Afora isso, tudo era verdadeiro, o anis, o cordão etc.

– Mas por que não enviar um substituto verdadeiro?

– E deixar você correndo perigo sem eu estar a seu lado? Parece que não me conhece! Além disso, sempre tive esperança de conseguir escapar por intermédio da condessa.

— Como diabos você conseguiu convencê-la? Era uma história bem frágil para fazê-la engolir... tudo aquilo sobre um filho morto.

— A perspicácia da condessa é bem maior que a sua, meu bom Hastings. No começo ela caiu no meu disfarce; mas logo ela viu além. Quando disse: "Você é muito esperto, monsieur Achille Poirot", eu sabia que ela havia descoberto a verdade. Era a hora de usar minha carta mais valiosa.

— Toda aquela conversa fiada sobre ressuscitar os mortos?

— Exato... mas então, sabe, eu tinha o filho na manga o tempo todo.

— *O quê?!*

— Mas claro! Você conhece meu lema: "Sempre alerta". Assim que fiquei sabendo que a condessa Rossakoff estava envolvida com os Quatro Grandes, mandei empreender toda e qualquer investigação possível sobre os antecedentes dela. Fiquei sabendo que ela teve um filho e que os relatos apontavam que o filho havia sido assassinado. Descobri algumas discrepâncias na história que me levaram a me perguntar se a criança não estava, afinal, viva. No final, consegui localizar o menino e, pagando uma alta quantia, fiquei com o filho da condessa em meu poder. O coitadinho estava quase morrendo de fome. Instalei-o num lugar seguro, com pessoas amáveis, e tirei uma foto dele em seu novo ambiente. E assim, quando chegasse a hora, eu tinha meu modesto *coup de théâtre* pronto para ser encenado!

— Você é incrível, Poirot. Absolutamente incrível!

— Fiquei contente em fazer isso, também. Pois já admirei a condessa uma vez. Ficaria triste se ela perecesse na explosão.

— Estou com um pouco de medo de perguntar: e quanto aos Quatro Grandes?

— Todos os corpos foram recuperados. O cadáver do Número Quatro estava irreconhecível, a cabeça explodiu em mil pedaços. Eu não queria... realmente não queria que tivesse acontecido assim. Queria ter *certeza*... mas chega desse assunto. Olhe isso.

Mostrou um jornal com um parágrafo assinalado. Relatava a morte, por suicídio, de Li Chang Yen, o cérebro por trás da recente revolução que fracassara de modo tão desastroso.

— Meu grande oponente — disse Poirot com gravidade. — Estava escrito que ele e eu nunca nos encontraríamos em pessoa. Quando ele soube das notícias do desastre aqui na Itália, escolheu a saída mais simples. Cérebro admirável, meu caro, cérebro admirável. Mas bem que eu gostaria de ter visto o rosto do Número Quatro... Supondo que, afinal... mas já entro em devaneios. Ele está morto. Sim, *mon ami*, juntos enfrentamos e aniquilamos os Quatro Grandes. Agora você retorna para sua encantadora mulher, e eu... eu me aposento. O grande caso de minha vida está encerrado. Depois disso nada vai ter graça. Sim, vou me aposentar. Vou plantar abobrinhas! Talvez até mesmo casar e me aquietar!

Ele riu com entusiasmo da ideia, mas com um quê de embaraço. Eu fico torcendo... baixinhos sempre têm uma queda por mulheres corpulentas e exuberantes...

— Casar e me aquietar — repetiu. — Sabe-se lá?

Livros de Agatha Christie publicados pela L&PM EDITORES

O homem do terno marrom
O segredo de Chimneys
O mistério dos sete relógios
O misterioso sr. Quin
O mistério Sittaford
O cão da morte
Por que não pediram a Evans?
O detetive Parker Pyne
É fácil matar
Hora Zero
E no final a morte
Um brinde de cianureto
Testemunha de acusação e outras histórias
A Casa Torta
Aventura em Bagdá
Um destino ignorado
A teia da aranha (com Charles Osborne)
Punição para a inocência
O Cavalo Amarelo
Noite sem fim
Passageiro para Frankfurt
A mina de ouro e outras histórias

MEMÓRIAS
Autobiografia

MISTÉRIOS DE HERCULE POIROT

Os Quatro Grandes
O mistério do Trem Azul
A Casa do Penhasco
Treze à mesa
Assassinato no Expresso Oriente
Tragédia em três atos
Morte nas nuvens
Os crimes ABC
Morte na Mesopotâmia
Cartas na mesa
Assassinato no beco
Poirot perde uma cliente
Morte no Nilo
Encontro com a morte
O Natal de Poirot
Cipreste triste
Uma dose mortal
Morte na praia
A Mansão Hollow
Os trabalhos de Hércules
Seguindo a correnteza
A morte da sra. McGinty
Depois do funeral
Morte na rua Hickory
A extravagância do morto
Um gato entre os pombos
A aventura do pudim de Natal
A terceira moça
A noite das bruxas
Os elefantes não esquecem
Os primeiros casos de Poirot
Cai o pano: o último caso de Poirot
Poirot e o mistério da arca espanhola e outras histórias
Poirot sempre espera e outras histórias

MISTÉRIOS DE MISS MARPLE

Assassinato na casa do pastor
Os treze problemas

Um corpo na biblioteca
A mão misteriosa
Convite para um homicídio
Um passe de mágica
Um punhado de centeio
Testemunha ocular do crime
A maldição do espelho
Mistério no Caribe
O caso do Hotel Bertram
Nêmesis
Um crime adormecido
Os últimos casos de Miss Marple

Mistérios de
 Tommy & Tuppence

O adversário secreto
Sócios no crime
M ou N?
Um pressentimento funesto
Portal do destino

Romances de Mary
 Westmacott

Entre dois amores
Retrato inacabado
Ausência na primavera
O conflito
Filha é filha
O fardo

Teatro

Akhenaton
Testemunha de acusação e outras peças
E não sobrou nenhum e outras peças

ANTOLOGIAS DE ROMANCES E CONTOS

Mistérios dos anos 20
Mistérios dos anos 30
Mistérios dos anos 40
Mistérios dos anos 50
Mistérios dos anos 60

Miss Marple: todos os romances v. 1
Poirot: Os crimes perfeitos
Poirot: Quatro casos clássicos

GRAPHIC NOVEL

O adversário secreto
Assassinato no Expresso Oriente

Um corpo na biblioteca
Morte no Nilo

Agatha Christie
CINCO DÉCADAS DE MISTÉRIOS
EM FORMATO 16x23 CM

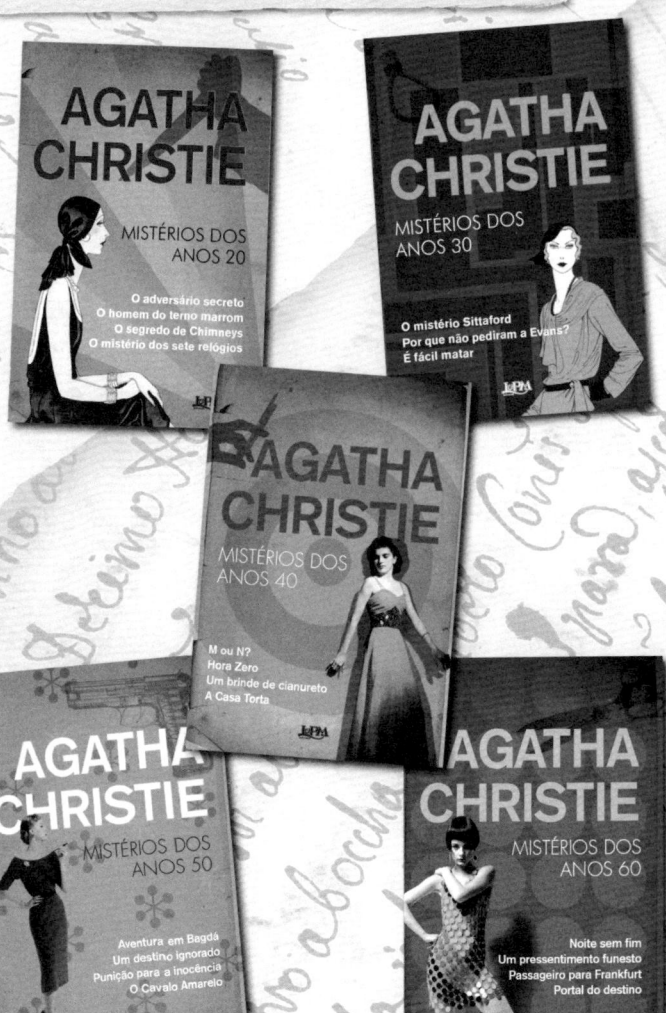

AGATHA CHRISTIE — MISTÉRIOS DOS ANOS 20
- O adversário secreto
- O homem do terno marrom
- O segredo de Chimneys
- O mistério dos sete relógios

AGATHA CHRISTIE — MISTÉRIOS DOS ANOS 30
- O mistério Sittaford
- Por que não pediram a Evans?
- É fácil matar

AGATHA CHRISTIE — MISTÉRIOS DOS ANOS 40
- M ou N?
- Hora Zero
- Um brinde de cianureto
- A Casa Torta

AGATHA CHRISTIE — MISTÉRIOS DOS ANOS 50
- Aventura em Bagdá
- Um destino ignorado
- Punição para a inocência
- O Cavalo Amarelo

AGATHA CHRISTIE — MISTÉRIOS DOS ANOS 60
- Noite sem fim
- Um pressentimento funesto
- Passageiro para Frankfurt
- Portal do destino

L&PM EDITORES

lepmeditores
www.lpm.com.br
o site que conta tudo

IMPRESSÃO:

PALLOTTI
GRÁFICA

Santa Maria - RS | Fone: (55) 3220.4500
www.graficapallotti.com.br